Mon quatrième
est fait par le Diable

Michel Lancien

Mon quatrième
est fait par le Diable

© 2015 – Michel Lancien

Illustration : Oeuvre de l'auteur

Edition : BoD - Books on Demand
12/14 rond-point des Champs Elysées
75008 Paris
Imprimé par BoD – Books on Demand, Norderstedt
ISBN : 978-2322012039
Dépôt légal : décembre 2014

PREMIERE PARTIE

Sur la photographie de gauche, Julien est avec sa sœur Adrienne sur le court de tennis, à côté d'un bonhomme de neige. Son cousin Yves est de l'autre côté du bonhomme sur la tête duquel, son père, tonton Jacques a posé son chapeau, un feutre brun, pendant qu'il prend la photo.

Sur celle de droite, Yves a changé de place, il est assis devant en tailleur. Julien, lui, n'a pas bougé. Adrienne qui est passée à droite pose une main sur l'homme de neige, ses doigts sont écartés, elle a l'air de le trouver glacé.

Nous sommes en février 1938, Julien a trois ans, Adrienne quatre, Yves huit. Le court de tennis est situé chez les parents d'Yves, qui habitent de l'autre côté de la rue, en face de la demeure de leurs grands-parents paternels, le Château Rouge, construit au centre de la ville, chez qui Adrienne et Julien passent quelques jours.

L'homme de neige, avec sa face de clown triste, était éphémère. Le chapeau, lui, est resté dans le couloir d'entrée de la maison, accroché au porte-manteau, depuis le jour où tonton Jacques a été emmené par la Gestapo.

Au moment de l'histoire de la photo avec le bonhomme de neige, ils habitaient une maison au milieu d'un grand parc, à quelques kilomètres de Brest : « Les Villars », une grande villa construite dans le style Victorien, avec la laideur et le charme de ces maisons que l'on voit du côté de Dinard.

Julien avait un souvenir précis de ces lieux qu'il avait pourtant quittés très jeune, et il aurait pu faire un croquis fidèle de l'intérieur de la maison dont presque toutes les pièces avaient vue sur la mer, la rade de Brest.

De la vie de tous les jours, il n'avait gardé que des images assez vagues, des éclats de voix, des rires,

quelques paroles. Toutefois, certains souvenirs plus marquants, parce que répétitifs et porteurs d'émotions, lui revenaient à l'esprit. Par exemple, celui de cette vieille femme vêtue de noir qu'il apercevait depuis la terrasse, claudiquant sur le chemin en contrebas du parc et portant un grand cabas noir comme elle, dans lequel on se demandait ce qu'il pouvait y avoir. Ils lui avaient donné un nom : « la mère Turlandu ». Julien en avait une peur bleue, peur entretenue par Jeanne, la vieille nounou qui les gardait, Adrienne et lui, chaque après-midi. Pour avoir la paix, elle ne manquait pas une occasion de dire :
— Julien, si tu n'es pas sage, j'appelle la mère Turlandu !!!

Il ne pouvait pas oublier non plus la silhouette prés de la grille. Un jour, il s'en était approché, l'homme lui avait dit d'une voix caverneuse :
— je suis le zouave pontifical !!! Il s'était enfui en courant.

Leur père travaillait dans les assurances et parcourait la Bretagne dans sa 11 CV Citroën traction avant. La famille attendait aux « Villars » le moment où, le soir venu, la traction franchirait la grille du parc.

Il était né à Brest, chez ses grands-parents maternels, au premier étage d'un immeuble dominant la Penfeld, à deux pas de la rue de Siam.

Depuis l'appartement, on percevait toutes sortes de bruits, un véritable tintamarre montant de l'arsenal qui se trouvait à une vingtaine de mètres en contrebas du boulevard. Mugissements, roulements, martèlements, grincements, sirènes annonçant le début ou la fin du travail. Des hommes minuscules s'affairaient tout en bas au bord d'une forme de radoub. Une immense grue déplaçait avec lenteur d'énormes fardeaux. Parfois, le pont tournant s'ouvrait pour laisser entrer ou sortir un bateau. A tous ces mouvements, ces bruits, ces pesanteurs, ces lumières, des mouettes, très haut dans le ciel, ajoutaient une impressionnante notion de verticalité.

    Par contraste, quand on entrait dans l'immeuble, on éprouvait un sentiment de confort et de sécurité, dû sans doute à l'acajou massif des huisseries et des lambris qui recouvraient les murs. L'acajou provenait d'un paquebot qui, après plusieurs tours du monde, avait fini ses jours au cimetière à bateaux de Landévennec où il avait été dépecé et découpé par un récupérateur qui en avait ensuite vendu le bois au constructeur de l'immeuble. Empli des souvenirs de ses voyages à travers les océans, il vivait, même découpé en morceaux, une aventure momentanément plus stable sur les bords de la Penfeld.

    Son grand-père Raoul l'emmenait en promenade au Cours Dajot. En se hissant sur la pointe des pieds, il n'arrivait pas à voir par dessus le garde-fou, alors Raoul le soulevait pour le faire asseoir sur le mur. La rade était immense, plate, grise, verte, blanche, scintillante. Juste en dessous, les docks, les bateaux de commerce, plus loin, à droite, le château, plus loin encore, les bateaux de guerre. Son grand-père lui disait :
— Prends garde Julien, ne te penche pas. En même temps, il le serrait si fort qu'il ne risquait pas de tomber.

    Lorsqu'ils allaient à Carhaix, son père conduisait comme s'il faisait une course automobile. Après avoir ralenti pour traverser la ville de Landerneau, ils prenaient la direction de la montagne où ils arrivaient après une série de rivières, de champs et de bosquets entrevus dans des virages pris à toute allure.

    Après Commana et le Roch Trévezel, le paysage devient immense et désolé jusqu'à la forêt du Huelgoat qu'ils traversaient en écoutant des histoires de chasse aux sangliers.

    Enfin, après avoir longé la Rivière d'Argent et fait

en tout presque cent kilomètres, ils arrivaient chez leurs grands-parents paternels. Le château, une grande bâtisse de brique rouge, se dresse derrière des grilles, dans la rue principale, au centre de la ville.

De ces moments, il n'avait que quelques souvenirs, des histoires sans grand intérêt, mais qui marquent l'esprit d'un enfant. Une séance de lanterne magique dans le hall, au pied du grand escalier. C'est Joël, son parrain, le jeune frère de son père, qui fait passer les images dans la lanterne : « Barbe Bleue » ! C'est insoutenable. Il s'empresse de le refouler en l'enfermant mentalement, lui et ses femmes égorgées, dans la cave la plus reculée du château où le rejoindront plus tard, tous les êtres indésirables de ses rencontres réelles ou imaginaires, y compris certains jours « la Mère Turlandu ». Il se souvenait aussi de l'histoire de Blanche Neige et des sept nains, personnages en caoutchouc, égarés puis retrouvés. Cette fois encore, c'est Joël le meneur de jeu. Sans doute a-t-il tout organisé pour perdre puis retrouver les jouets au fond d'un placard après s'être promené, eux derrière lui, pendule à la main, dans toute la maison. Il revoyait aussi son grand-père à table, il ne savait pas pourquoi, et sa grand-mère debout esquissant un vague sourire.

Environ un an avant le déclenchement de la guerre, son père acheta un portefeuille d'assurances à Morlaix. Sa mère l'accompagna une première fois pour voir la ville et y chercher un appartement. Séduits par les maisons à colombages et la rivière qui coule au milieu de la ville, ils en revinrent emballés. C'est une ville qui a beaucoup de charme quand il fait beau. Les gens se promenaient sur les quais, un groupe de badauds regardait un banc de mulets nageant à contre courant, trois mouettes perchées sur la rambarde bordant le petit square ne se poussèrent même pas quand ils s'y appuyèrent pour regarder la rivière. C'était le printemps, les arbres venaient de se parer de leurs feuilles et même l'odeur de vase qui monte de la rivière à marée basse, ne leur parut pas si désagréable que ça. Devant la mairie, le kiosque à musique était vide, sa mère eut l'impression que les musiciens allaient arriver d'un instant à l'autre.

Ils louèrent un appartement au deuxième étage d'une maison ancienne qui avait vue sur le bassin à l'entrée du port. Il était vaste et sa mère pensa qu'elle pouvait en faire quelque chose. Elle avait le chic pour rendre une maison chaleureuse et accueillante.

Avant leur départ des « Villars », il y eut cette histoire de fantôme. Julien a toujours été poursuivi par ce genre de problèmes, quand il était jeune. En fait, seul son regard, si l'on peut dire en parlant de choses invisibles, a changé avec le temps. Il a fini par les intégrer tout naturellement à la vie.

A Noël, on lui avait offert une trompette avec laquelle il avait cassé les oreilles à toute la famille, jusqu'au jour où son père en avait eu assez et l'avait accrochée au mur de l'escalier, assez haut pour qu'il ne puisse pas l'atteindre. A quelque temps de là, ils furent réveillés en pleine nuit, par un air de trompette qui venait d'en bas. Il ne s'agissait pas de sons désordonnés, mais bien d'une véritable harmonie. Toute la famille fut debout en un rien de temps, les sons s'arrêtèrent. Ils cherchèrent partout !!! La trompette avait disparu. Ils se posèrent un tas de questions, imaginèrent un farceur, mais ils ne connaissaient pas de joueur de trompette capable de jouer aussi bien. Son père vérifia les portes et les fenêtres, tout était bien fermé. Mystère...

La seule réponse raisonnable qui vint à l'esprit de ses parents, fut que la maison était hantée, réponse d'autant plus vraisemblable, que son grand-père maternel, une dizaines d'années auparavant, avait reçu chez lui, un ami spirite qui pratiquait l'écriture automatique, c'était la grande mode à l'époque, qui avait écrit sous la dictée de son arrière grand-père mort depuis longtemps. Sans doute, le thaumaturge ne maîtrisait-il pas tout à fait ses pouvoirs médiumniques et avait appelé involontairement d'autres esprits mauvais qui se manifestèrent violemment à plusieurs reprises dans l'appartement. Des meubles furent renversés, des bibelots projetés sur les murs. Finalement, ses grands-parents avaient dû déménager.

Cette année-là, Charles, le frère de sa mère et sa femme Mimie firent un voyage aux États-Unis, New York, Washington, Chicago où Mimie avait une tante. Ils en revinrent la tête pleine d'Amérique et pendant plusieurs semaines en déversèrent le contenu sur leur entourage. C'est ainsi que la culture du nouveau monde fit son entrée dans la famille, sur un air de « Lambes Walk », que disque à l'appui, Mimie fredonnait du matin au soir, esquissant parfois quelques pas de danse.

Les premiers temps à Morlaix furent difficiles. C'était une nouvelle vie. Plus de parc, plus de mère Turlandu, plus de zouave pontifical. Le rez-de-chaussée de l'immeuble était occupé par un bistrot malfamé qui restait ouvert tard le soir. On entendait des cris. Parfois, un client était jeté dehors avec fracas. Un couple d'aristocrates vivait à l'étage inférieur, ils se disputaient, s'insultaient, il arrivait même qu'ils se battent. Ils avaient une petite fille blonde au visage en forme de pomme, avec des yeux très bleus, Chantal ! Elle montait jouer avec eux mais avait une idée fixe; ouvrir les robinets du gaz, la mère de Julien devait la surveiller de près. Le troisième étage, juste au dessus d'eux, était loué par chambres à des gens du port, des dockers qui rentraient tard, souvent après un dernier verre au bistrot du dessous. Ils chantaient en montant l'escalier et parfois tombaient en hurlant des mots épouvantables.

Julien avait quatre ans, il était devenu difficile et rebelle, disait systématiquement non à tout, se jetait sous la table au moment des repas et refusait d'en sortir. Sa mère usait d'abord de la manière douce en lui promettant un tas de choses s'il acceptait de manger puis elle perdait patience et le menaçait. La situation se dégradait, elle prenait un fouet et lui donnait des coups sur les jambes. Il ne cédait pas. Alors, elle semblait regretter de l'avoir frappé et se calmait en fumant une cigarette. Le repas terminé, il sortait du dessous de la table et elle le faisait manger dans la cuisine.

De leurs promenades en ville, quand sa mère faisait ses courses, il se souvenait de Félix Potin et des odeurs d'épices qui y régnaient, de la grande droguerie place des Viarmes, pour d'autres odeurs et le la pâtisserie où une petite fille avait essayé de lui crever les yeux avec un crayon.

L'après-midi, les jours de beau temps, ils sortaient pour de longues promenades. Après avoir traversé la rivière sur une passerelle métallique, ils marchaient sur le quai en direction du Dourduff-en-Mer. La route, peu fréquentée, longeait une voie ferrée qu'empruntait une fois par jour un petit train reliant Morlaix à Plougasnou. C'était à lui de décider du but de la promenade : la petite gare, le grand pylône E.D.F. Ou plus loin, la maison du corsaire. Sa mère fredonnait une chanson nostalgique, toujours la même : « Dans la splendeur des draps, nous avons fait des rêves, adorables mensonges... ». Après la maison du corsaire, on sentait l'odeur de la mer, qui, portée par un vent plus fort, faisait oublier celle de la vase. A cet endroit, la rivière rencontre la mer, elle s'élargit et les effluves du large parvenaient jusqu'à eux. L'air se chargeait de sel, la lumière devenait éclatante, on apercevait les bateaux et les premières maisons de pêcheurs.

Quand ils restaient à la maison, leur mère leur donnait du papier et des crayons, ils dessinaient. Le chat le guettait dans le couloir et lui sautait dessus quand il passait. Par temps sombre, on ne voyait que ses yeux. Marie, leur bonne, disait que c'était le diable.

Le lieu préféré de Julien, le tapis du salon, un grand tapis arabe à motifs géométriques, rêche et un peu usé s'arrêtait au pied d'une commode Louis XV en noyer ciré dont les tiroirs étaient remplis d'objets provenant de la famille de sa mère.

Grands-pères, grands-mères, oncles, tantes, etc.... s'y retrouvaient pêle-mêle sous forme d'objets et d'images. Visages inconnus derrière des vitres biseautées dans des cadres en laiton, bouquets de soie fanée, dame de cœur toute seule, chaînes, tabatières, boîtes, blagues, cornes à poudre, rubans, touches de piano, épaulettes d'officiers, fourragère, shako, médaille de Crimée, petit coffret en bois de santal, jeu du solitaire, flacons vides, objets ou morceaux d'objets non identifiés, carte postale représentant des petits arabes, « bons souvenirs d'Algérie ! », photo d'une villa sur le lac de Côme, au dos, quelques mots qu'il ne savait pas lire et dont le sens échappait aussi à sa mère. Code perdu...

A Morlaix, le centre de la ville est au fond d'une vallée. Pour s'en éloigner, si ce n'est en direction de la mer, il faut gravir des venelles étroites et pentues ou des escaliers abrupts qui aboutissent aux quartiers hauts. L'un de ces escaliers jouxtait leur maison et passait à la hauteur du deuxième étage au niveau des fenêtres latérales ouest de l'appartement. Par fortes pluies, il se transformait en torrent, charriant dans sa descente, toutes les boues, tous les déchets accumulés sur les hauteurs de la ville. Projetés dans le bassin, après avoir traversé le quai, ils allaient s'agglutiner contre les portes de l'écluse où les courants les entraînaient. Un grand viaduc enjambe les maisons en passant bien au-dessus des toits. Parfois le train s'y immobilisait avant d'entrer en gare. D'en bas, on distinguait la tête des voyageurs à travers les vitres des wagons.

A peine un an après leur arrivée, on ne parla plus que de guerre. En septembre, son père fut mobilisé. Au début, il ne se passa rien, ou pas grand-chose. Il écrivait et envoya même une photo sur laquelle on le voit à la fenêtre d'une caserne, coiffé d'un béret d'aérostier, il fait un signe de la main. Habituellement stationné à Toulouse, son régiment était désormais dans les environs de Compiègne.

L'hiver, cette année là, fut si froid que le bassin, devant la maison, gela. Des patineurs s'aventurèrent sur la glace, faisant de longues glissades et des chutes spectaculaires, c'était un spectacle formidable, la famille passait son temps derrière les vitres des fenêtres.
— La glace n'est pas épaisse, elle va se briser et ils vont se noyer ! répétait sa mère.

Mais la glace ne se brisa pas, elle devint plus épaisse, il fit de plus en plus froid.

La guerre fut longue à se mettre en marche. « La drôle de guerre ». On avait l'impression qu'elle prenait son temps. Brusquement, elle s'accéléra, l'offensive allemande fut foudroyante, tout se mit de son côté, et du côté français, on accumula toutes les incompréhensions, toutes les incompétences, toutes les erreurs. Le haut commandement semblait avoir confondu la nouvelle guerre avec la précédente. En tout cas c'est ce que les gens disaient. Leur esprit s'était figé sur le souvenir de la guerre de 14-18 qui avait fait tant de morts. En fait, depuis 1870, on entretenait sciemment les gens dans un esprit guerrier de revanche. Les jeux préférés des petits garçons étaient les soldats de plomb. A chaque occasion, on offrait des compagnies de fantassins, de chasseurs alpins etc., avec les engins motorisés qui les accompagnaient. Une guerre transformée en amusement. Les français croyaient qu'ils avaient l'armée la plus forte du monde. La situation était incompréhensible.

Tout s'effondra, ce fut la débâcle. Des réfugiés arrivèrent en Bretagne, venant de Paris, du nord de la France et de Belgique. A Carhaix, chez ses grands parents, on aménagea à la hâte des bâtiments dans les anciennes écuries, pour les accueillir. Mais jusqu'au dernier moment, les gens crurent que l'offensive allemande serait stoppée et que la vraie guerre commencerait alors.

Le 31 mai, à dix heures du matin, Joël, le jeune frère de son père fut tué à côté de Saint-Valéry-en-Caux. C'était le jour de son anniversaire, vingt cinq ans. Lieutenant au 11ème Cuirassier de Saumur, alors qu'il tentait, à la tête de son peloton, de franchir une passerelle, lors d'une contre offensive française (la débâcle a fait oublier qu'il y en avait eu), il eut le bras arraché par une rafale de mitrailleuse et mourut pendant son transport à l'hôpital. Quelques jours plus tard, l'armistice était signé. Joël était son parrain, personne ne lui dit qu'il était mort, il était sans doute trop petit et son père n'était pas revenu. Il ne savait plus comment il l'avait appris où compris ! Peut-être par des conversations brusquement interrompues, des silences...

Durant les mois précédents, la protection civile avait organisé une défense passive et on leur avait fait faire des exercices pendant des alertes simulées pour apprendre à porter un masque à gaz qui, au bout d'un tuyau, se terminait par une sorte de groin de cochon. Le gaz était un des mauvais souvenirs de la guerre de 14.

Un peu avant ces exercices de défense passive, sans doute les vieux morlaisiens s'en souviennent-ils, des rats, par centaines sortirent des égouts et envahirent les bas quartiers de la ville. Peut-être avaient-ils ressenti l'anxiété des habitants, on connait l'intelligence de ces animaux, leur proximité avec les hommes et certains dons de télépathie. C'étaient des rats anormalement gros et méchants qui s'attaquaient aux gens dans la rue, les mordant aux jambes et sautant parfois pour les mordre aux mains. Les gens s'armèrent de bâtons, il y eut des scènes de panique et des cadavres de rats dans les rues et sur les quais ; beaucoup, pour se réfugier, entrèrent dans les maisons, provoquant une odeur pestilentielle quand ils se cachaient pour mourir entre plafonds et planchers.

Un beau matin, ils disparurent, comme ils étaient venus. Cela eut aux moins le mérite de créer une diversion pour les habitants qui pensèrent un peu moins durant un temps à la guerre entre les hommes.

La Wehrmacht envahit la Bretagne en trois jours, sans combat, l'armée française était ailleurs, presque entièrement prisonnière. Les premiers soldats allemands passèrent en side-car, sous leurs fenêtres le 15 juin, en direction de Carantec.

Son père ne revint pas tout de suite ; de retraite en débâcle, sa compagnie dépassa Toulouse, son cantonnement initial pour se retrouver dans le Gers. De cette période, il n'avait conservé qu'amertume et honte mais aussi des amis, ses amis de débâcle comme il disait. L'aérostation s'étant avérée obsolète, l'état-major avait tenté une reconversion en faisant tendre des filets entre les ballons pour piéger des avions ennemis. Un avion fut pris, il était anglais. La seule satisfaction de son père fut, lors d'un mitraillage allemand, d'avoir abattu un avion ennemi, d'un coup de fusil hasardeux, disait-il. Plus tard, quand Julien le vit à la chasse, il se rendit compte que le hasard n'était pas seul en cause.

    Les premiers ordres des vainqueurs à la population furent de remettre toutes les armes à la mairie. Sa mère porta les deux fusils de chasse puis elle jeta dans le bassin, la panoplie d'arcs, de flèches et de sagaies qui ornait un des murs de l'entrée, souvenir d'un grand oncle explorateur. Son grand-père maternel rendit également ses deux fusils de chasse et mit les deux révolvers ramenés de la guerre de 14, dans une boite pleine d'huile qu'il enterra dans le jardin.

    Les jours qui suivirent furent étranges. Sa mère les emmenait souvent à Carantec chez ses parents qui y louaient une maison de vacances, elle conduisait une Madford qui avait remplacé la traction quelques mois avant le départ de son père mais l'essence commençait déjà à manquer. Ils restaient parfois plusieurs jours à Carantec. Souvenirs de mer, de sable, de tartines beurrées tombées dans le sable.

    Les allemands faisaient des efforts pour se montrer sympathiques, l'un d'entre eux rencontré au bourg donna une tablette de chocolat à Julien, un chocolat noir au goût fort et un peu amer que son grand-père lui fit cracher.

    Leur grand-mère de Carhaix, jugeant que leur mère ne serait pas à la hauteur de la situation, envoya tonton Jacques, le père d'Yves, les chercher, Adrienne et lui. Julien n'était pas du tout d'accord et courut s'enfermer dans une chambre du premier étage. Tonton Jacques ayant fait appliquer une échelle contre la façade, Julien entendit quelqu'un qui commençait à monter. Il se précipita à la porte derrière laquelle, évidemment il l'attendait. Il n'y avait rien à faire, il se trouva serré comme dans un étau, pris au piège. Personne ne vint à son secours. Humilié, vexé, il se sentit trahi. A Carhaix, il prit sa revanche en faisant une véritable guerre d'usure à sa grand-mère qui, à bout d'arguments les renvoya huit jours après à Carantec.

Son père revint à la fin du mois de juillet, il apprit la mort de son frère et Julien en eut la confirmation par d'autres silences.

La vie devenait chaque jour un peu plus difficile, couvre-feu à onze heures du soir, déjà les tickets de rationnement pour le pain, la viande, le beurre, le sucre, le chocolat. Le marché noir avait commencé. Julien ne savait pas ce qu'était devenu la Madford, de toute façon on ne pourrait plus s'en servir, il fallait un ausweis pour circuler et il n'y avait plus d'essence. Leur père acheta des bicyclettes.

Le 16 décembre, « Jaco », le fils aîné de tonton Jacques qui avait vingt trois ans, après de nombreuses péripéties, partit pour l'Angleterre. Il embarqua à Camaret sur un langoustier, « l'émigrant », que son père avait acheté. « Jaco » avait seulement un brevet de pilote civil en poche. La traversée se fit par grosse mer sur un bateau qui venait d'être réparé et qui prenait l'eau.

A Morlaix, les gens s'habituaient au couvre-feu et aux restrictions. Pensant que la guerre durerait longtemps et avec le souci de les mettre à l'abri, leurs parents prirent la décision d'aller habiter à la campagne. Ils dénichèrent une maison à une douzaine de kilomètres à l'est de la ville, entre Plougonven et Lannéanou, elle semblait correspondre à ce qu'ils cherchaient. Le déménagement eut lieu au mois d'avril 1941.

Kerdeleau était une maison du siècle passé. Bien que modeste, elle avait l'aspect conventionnel des maisons bourgeoises de cette époque. De forme cubique avec un perron central, elle possédait un balcon en fer forgé au premier étage, devant la fenêtre du milieu, le rez-de-chaussée était surélevé, ce qui donnait sa raison d'être au perron et permettait l'existence d'un sous-sol éclairé par des soupiraux. Quatre pièces en bas, quatre au premier et quatre chambres mansardées au second étage, finalement, c'était une assez grande maison. Une aile de chaque côté donnait une certaine assise à l'ensemble qui avait été construit à l'emplacement d'un manoir, à en juger par l'existence d'une chapelle en ruine à une trentaine de mètres à l'est, d'un vieux pigeonnier prés de l'étang et de restes de fortifications à côté du moulin.

Inoccupée depuis longtemps, la maison était humide et sans confort. Il fallait aller chercher l'eau à une fontaine, derrière la ferme voisine, à une centaine de mètres. Le soir, on allumait une lampe à pétrole et des bougies.

Toutefois et c'était un avantage dont on ne se rendait pas compte de prime abord, Kerdeleau bénéficiait d'une position stratégique, certainement préméditée autrefois. De n'importe qu'elle fenêtre de la façade, on avait vue sur la ligne droite qui menait à la propriété et qui n'était autre qu'une digue construite à la fois pour retenir l'eau de l'étang et servir de chemin. Le visiteur, à moins de venir par l'arrière, ce qui n'arrivait pratiquement jamais, était donc obligé de marcher à découvert en s'exposant aux regards pendant environ cent mètres avec à droite, l'étang et à gauche un dénivelé de trois mètres jusqu'au moulin. Passé le pigeonnier, le chemin contournait la propriété par la droite, en montant légèrement.

Le printemps fut beau. Les fenêtres ouvertes et quelques travaux redonnèrent à Kerdeleau un air de jeunesse. Une cloison abattue pour agrandir la pièce de séjour, les tapisseries changées, chaque meuble trouva sa place, y compris la commode et ses trésors ainsi que l'inséparable tapis arabe. Les tableaux furent accrochés au mur, la maison basque croulant sous les fleurs et une grande toile peinte par leur mère représentant des femmes en costume breton sur une plage, peinture influencée par un artiste connu à l'époque. Au premier étage, le balcon correspondait à la chambre des enfants. La tapisserie était à dominante rose et comportait des motifs répétitifs : un soldat, une bergère gardant un mouton, un moulin à vent. Le décor montait en oblique, les figurines s'arrêtaient en haut du mur et disparaissaient à tour de rôle de l'autre côté.

Le rosier sur la façade se couvrit de centaines de fleurs aux couleurs nuancées et au parfum subtil, ses branches venaient s'accrocher au fer forgé du balcon. La vie s'organisa.

On était en 1941, Julien avait six ans et se retrouvait dans un monde de champs, de garennes, de bosquets, de rivières, d'étangs, de moulins, d'animaux que l'on voit le jour et d'autres qui ne sortent que la nuit ne laissant que les traces de leurs pattes.

Un monde de chemins, de sentiers, de passages, de repaires, qui allait jusqu'à la rencontre d'un monde parallèle, indissociable, un monde imaginaire qu'il croyait aussi réel que l'autre, un monde peuplé d'entités, de chimères, de monstres composites, toutes créatures plus effrayantes les unes que les autres. Son univers réel s'étendait jusqu'aux limites de cinq ou six fermes à la ronde avec de rares dépassements vers Plouigneau ou Plougonven, quelques kilomètres tout au plus. En un mois, son père, lui, avait rencontré tous les habitants du pays et donnait l'impression de les avoir toujours connu. Sa mère faisait de la bicyclette en quête de nourriture. La guerre avait réduit la vie à une recherche constante de denrées alimentaires, il fallait survivre. L'idée d'acheter ou de troquer une livre de sucre, un sac de farine ou une demi tablette de chocolat faisait faire des kilomètres.

Cet inconvénient mis à part, dans cette campagne

aux odeurs de foin, de crottin de cheval, de bouse de vache, odeurs chaudes et rassurantes, ils avaient presque oublié la guerre.

Cependant, la vie restait précaire à Kerdeleau. Bien que vivant dans un lieu que leurs parents avaient voulu très protégé, l'endroit n'était pas totalement sécurisé, tous les imprévus étaient possibles. Ils vivaient au jour le jour, leurs parents assurant le nécessaire au fur et à mesure. Aucun projet n'était possible, ils n'y pensaient même pas, ils ne pouvaient qu'espérer que la guerre cesse. Or, jusqu'en 1942, les allemands semblaient tellement plus forts, presque tous les Français avaient fait confiance à Pétain, avec au mieux comme perspective, une entente avec l'ennemi qui finirait par les assimiler mais sûrement pas à égalité. Ils resteraient à l'intérieur du Grand Reich, un peuple soumis. De Gaulle avait fait d'autres calculs, il avait compté sur le patriotisme d'un certain nombre de Français, qui restera un petit nombre, sur la puissance économique des alliés et sur l'épuisement des allemands à condition que les américains entrent dans la guerre.

L'idée de produire de l'électricité, qui avait germé dans l'esprit de leur père, dès leur arrivée en voyant le moulin abandonné, avait fait son chemin. Il avait commencé à le remettre en état et avait dessiné une roue à aubes, qu'il avait fait fabriquer chez le maréchal ferrant du bourg.

Le grand pré derrière la maison fut organisé en jardin potager et devint rapidement opérationnel. Chaque enfant reçut son lopin de terre à faire prospérer. Un poulailler fut mis en place, ils étaient devenus de vrais habitants de la campagne.

En juillet, tonton Jacques vint conduire Yves à Kerdeleau pour le soustraire momentanément à ses tentations d'affrontements avec les allemands, leur cousin avait un tempérament impulsif, n'avait peur de rien et rêvait de faire comme son frère « Jaco » qui, juste avant son départ pour l'Angleterre avait trouvé le moyen d'agresser un soldat allemand, en pleine rue de Carhaix, en lui foutant son pied au cul. Son père avait pu le récupérer à la kommandantur parce que c'était le début de l'occupation, mais l'affaire avait failli très mal tourner. « Jaco » avait été condamné à cirer toutes les bottes des soldats allemands de la ville.

Tonton Jacques était un ancien commandant médecin. Devenu veuf, il s'était installé à Carhaix et avait épousé Claudie, une sœur de leur père. De son premier mariage, il avait eu deux enfants : Jacques dit « Jaco » et « Renée ». Du second mariage, trois, Claude, Jacqueline et Yves. Claude était mort à neuf ans d'une méningite, Jacqueline à trois ans. Il ne restait qu'Yves. Tonton Jacques avait fait la guerre de 14-18, mais, trop âgé, n'avait pas été mobilisé en 39.

C'est Claude, que sa grand-mère appelait « Petit Claude », qui avait donné son surnom à leur grand-père Émile, un jour qu'il avait couru vers lui en criant :
— Bia, Bia, Bia ! Le surnom lui été resté : « Bia ».

Si les recoupements de Julien étaient exacts, c'était après la visite de tonton Jacques à Kerdeleau que des inconnus firent leur apparition. Adrienne et lui se posèrent beaucoup de questions à leur sujet. Les inconnus semblaient hésiter, ne se présentaient jamais à la porte principale mais faisaient d'abord le tour de la maison. Parfois, ils frappaient à la porte de la cuisine ou attendaient que quelqu'un en sorte pour poser une question. Ces précautions étaient normales, les allemands avaient déjà fait quelques exemples en fusillant des hommes soupçonnés de résistance.

De son côté, leur père s'absentait parfois à bicyclette pour la journée sans donner d'explication.

D'autres personnages qui n'avaient rien à voir avec la résistance firent leur entrée dans l'univers de Kerdeleau. D'abord, Milbéo le couvreur qui, pour Julien, devint un être mythique le jour où il le reconnu habillé en bedeau à la messe du dimanche. Ensuite, Guillaume Jacob qui frappa un jour à la porte, il alla ouvrir, un homme grand et fort se tenait devant lui, un chapeau sur la tête :
– Je suis l'homme en question, dit-il.

Leur père avait fait dire qu'il cherchait un jardinier. Guillaume aussi avait une double fonction; le dimanche, il coupait les cheveux dans sa petite maison, un « penty » situé à côté d'une rivière, à deux kilomètres de chez eux du côté de Lannéanou. Il venait deux fois par semaine et partageait avec eux le repas de midi. Avant de se mettre à table, il ouvrait son Pradel et se curait les ongles des pieds souvent pleins de terre car il avait des sabots de bois, et se servait du même couteau pour prendre du beurre.

Désiré était parisien, on ne savait pas où leur père l'avait déniché. Il était là pour repeindre les portes et les fenêtres. Il ressemblait à l'acteur des années cinquante, Raymond Bussières. Il anima Kerdeleau de sa gouaille de « titi parisien » tant que durèrent les travaux de peinture.

Tante Berthe, la sœur de leur grand-père de Brest était venue aussi se réfugier à Kerdeleau, ses nerfs avaient craqué dés les premiers bombardements. Longtemps vieille fille, elle s'était mariée sur le tard avec un fonctionnaire des douanes qui l'avait laissé tomber, en mourant prématurément. Elle avait passé les années suivantes auprès de sa mère, leur arrière grand-mère, morte l'année de la déclaration de guerre à quatre vingt dix neuf ans, elle s'était cassé le col du fémur en allant seule au cinéma.

Vêtue d'une tunique matelassée noire, agrémentée d'un col et de poignets en dentelle blanche, le tout, en partie dissimulé sous un châle violet, tante Berthe passait ses journées dans sa chambre au premier étage. Parfois, elle descendait aider leur mère pour de menus travaux pour lesquels elle était totalement inefficace.

Pierre Hémery, un ami garde chasse de leur père, arriva de Carhaix par le train avec une vache pie noire et un bouc du Tibet. La vache, c'était pour le lait. Le bouc, une bonne action, il était magnifique, roux et noir avec des yeux sombres, son poil était à la fois luisant et rêche. Il n'avait pas eu de chance dans la vie. Le pur-sang dont il était le compagnon à Saumur, était mort et Joël qui l'avait recueilli avait été tué à la guerre. Depuis, « Palon », c'était son nom, s'ennuyait dans un box des écuries du château Rouge.

La gare se trouvait à sept kilomètres de Kerdeleau, Pierre Hémery les fit à pied avec la vache et le bouc, chacun au bout d'une corde. En traversant le bourg de Plougonven, la vache lui échappa et entra dans le salon de coiffure de madame Levenez, créant un grand émoi. Pierre Hémery eut un mal fou à l'en faire sortir car il ne pouvait pas lâcher le bouc qui tirait de son côté. Enfin, ils arrivèrent à Kerdeleau.

Originaire de cette terre pauvre du Poher, entre Monts d'Arrée et Montagne Noire, la bonté se lisait sur le visage de Pierre Hémery, à moins que ce ne fut une sorte de désintéressement pour les biens matériels si rares dans ce pays. Il resta trois ou quatre jours et apprit à Adrienne et à Julien à reconnaître les empreintes laissées dans la boue des chemins, par les renards, les fouines, les blaireaux, les putois et les belettes, sans oublier l'hermine si légère qu'il faut mettre le nez au ras du sol pour voir la trace laissée par ses griffes.

Chaque jour et même plusieurs fois par jour, c'est à Julien qu'incombait la tâche d'aller puiser l'eau dans la fontaine, derrière la ferme voisine, à côté d'un grand if. L'eau remontait au travers d'un fond sablonneux, à l'intérieur d'une petite construction de pierre. La source profonde et transparente laissait deviner un léger remous sur le fond de sable qui faisait remonter à la surface de fines paillettes de mica qui, poussées par un faible courant, disparaissaient dans un ruisseau envahi par le cresson.

Marie lui avait dit que dans chaque fontaine habitait une sorcière, elle l'appelait la « wrac'h coz » (une sorte de vieille sorcière d'eau) et Julien se tenait donc toujours sur ses gardes, éprouvant un sentiment mêlé à la fois de crainte et de curiosité.

— Fais attention Julien ! Elle va venir s'asseoir prés de la fontaine et va te parler pendant que tu remplis ton broc.
Ou alors,
— Si tu regardes trop longtemps le fond, tu verras ses yeux.

Julien l'imaginait avec un regard doux et malicieux de grand-mère et, curieusement, c'est cette douceur apparente qui lui faisait peur. Une fausse douceur à son avis. Il se dépêchait de sortir son broc à peine rempli et partait en courant, malgré la présence plutôt rassurante d'un rouge-gorge qui était toujours là. A son retour, naturellement, il ne laissait rien paraître de son trouble, il devait avoir l'air d'un grand.

A la longue, il se rendit compte que la sorcière tentait d'exercer son pouvoir depuis le fond de l'eau, car, lorsqu'il se penchait pour regarder les remous dans le sable, il voyait en effet ses yeux comme le lui avait dit Marie et éprouvait alors une sorte de fascination qui l'entraînait dans un monde irréel dont il avait du mal à s'extraire.

L'étang cachait une autre « wrac'h coz », mais celle là bien plus effrayante, Julien rejetait avant qu'elles ne deviennent trop précises toutes les images qui commençaient à prendre forme dans son esprit. Il suffisait de regarder l'eau de l'étang, glauque, sombre, presque opaque, à la surface de laquelle on apercevait toutes sortes de bêtes plus ou moins amphibies, pour se faire une idée de l'être innommable qui se tenait tapi au milieu des algues visqueuses et des branches en décomposition à l'endroit le plus profond de l'étang.

Sa vie se passait dans ce monde à la fois réel et imaginé, sans qu'il songe à en séparer les deux aspects qu'intuitivement il pressentait étroitement mêlés.

Avec Marie étaient entrées à Kerdeleau toutes les légendes de sa montagne natale. Une vieille terre où le monde invisible devient parfois visible. Ses habitants sont sauvages et rudes, l'habitude de vivre dans les brumes les rend sensibles au moindre souffle de vent, au plus petit signe de lumière. L'ombre la plus banale y prend des allures fantastiques et devient sujette à toutes les spéculations.

Le diable, lui, n'y a pas une grande importance, c'est une sorte de transfuge introduit en Bretagne par la religion chrétienne et qui s'est greffé aux autres croyances. Il a une image équivoque, on se moque facilement de lui parce qu'il reste un étranger, tout en le craignant quand même un peu. Il ne pourra jamais rivaliser avec la sorcière de fontaine ni avec les lavandières de la nuit, encore moins avec l'être le plus terrifiant du pays : « L'Ankou » qui parcourt la campagne, la nuit, par des chemins creux dans une charrette tirée par un cheval famélique. Il a l'aspect d'un squelette dont la tête coiffée d'un chapeau à large bord tourne dans tous les sens à la manière d'une girouette. C'est un être infernal qui tient à la main une faux dont la lame, on ne sait pour quelle raison, est à l'envers. Il y a des choses inexplicables. On l'entend venir de loin. Malheur à celui qui se trouve sur sa route. On peut le croiser où être rejoint par lui. Le scénario est toujours le même : l'essieu d'une roue se casse alors qu'il est à votre hauteur, il vous demande un coup de main pour remettre la charrette sur le chemin, mieux vaut alors, si vous n'êtes pas complètement paralysé par la peur, prendre vos jambes à votre cou et détaler le plus vite possible. Mais de toute façon, vous avez peu de chances de vous en sortir.

Si vous passez la nuit à côté d'un cours d'eau, vous entendrez les lavandières parler et rire en battant leur linge. L'une d'elles vous demandera sans doute de l'aide pour tordre son drap. Un conseil, acceptez de le tordre ou plus exactement, tournez le drap dans le même sens qu'elle, autrement vos mains resteront collées au linceul, car vous l'avez compris, il s'agit bien de son linceul et elle vous entraînera vers l'au-delà dans un grand éclat de rire. Marie accompagnait son histoire du même éclat de rire. Sa bouche édentée, son visage ridé, ses longs cheveux d'un blond presque blanc, pouvaient faire croire, malgré sa gentillesse, qu'elle était une parente assez proche de ces êtres d'épouvante.

Julien s'était habitué à l'idée de l'existence quasi certaine de la sorcière de fontaine, même s'il ne l'avait pas encore vue et il était préparé à cette éventualité, mais à la tombée de la nuit, si par exemple on l'envoyait seul porter un message chez des voisins, les choses prenaient une autre tournure. Il devait longer l'étang et traverser un bois, le monde se peuplait alors de tous les êtres malfaisants imaginables qui l'attendaient dans une entrée de champ ou à un croisement de chemins. Le tronc d'arbre le plus banal aperçu au clair de lune devenait suspect et s'il était difforme, Julien reconnaissait une tête, un ventre, des bras. Une branche qui craque, un murmure dans le sous-bois, un oiseau de nuit qui s'envole, et tout pouvait arriver.

Le pire, c'était la horde qui marchait derrière lui et

ne lui donnait qu'une envie, c'était de courir. Il se disait :
— Ne te retourne pas !!!

Comparés à ces êtres terrifiants qui peuplaient la campagne, les allemands dans leur réalité étaient presque rassurants, d'autant que depuis leur arrivée, ils s'étaient montrés assez discrets. Il en avait seulement aperçu quelques-uns au bourg, en allant faire des achats avec sa mère ou le dimanche en allant à la messe.

Pourtant, des cavaliers apparurent un beau matin au bout du chemin de l'étang. Ils étaient sept. Un gradé à leur tête, ils avançaient à une allure de promenade. Dés qu'ils eurent dépassé le moulin, on entendit le pas des chevaux qui contournaient Kerdeleau en montant à droite à côté du vieux pigeonnier. Pendant un moment, on ne vit plus que la tête des chevaux et le buste des cavaliers qui émergeaient au dessus du muret entourant la propriété, ça ressemblait à un théâtre de marionnettes. Ils passèrent derrière la chapelle, longèrent le pré et disparurent au premier tournant. Il s'agissait d'une patrouille qui revint le lendemain, le surlendemain et les jours suivants.

Dans le même temps, avec Adrienne et Yves, il avait découvert au bord de la route empruntée par les allemands, un essaim de guêpes qui avait élu domicile dans un trou du talus qui bordait le pré, juste après la chapelle. Une dizaine d'entre elles volaient continuellement au dessus du trou en bourdonnant comme si elles montaient la garde, ce qui était sans doute le cas. C'est Yves qui eut l'idée. Au risque de se faire piquer, il mit dans le trou, un bâton attaché à une ficelle qu'il fit passer de l'autre côté du talus. Il voulut d'abord faire un essai sur un couple de jeunes qui passait sur la route en se bécotant, l'essai fut concluant, ils partirent en criant.

Désormais, tout était prêt, il n'y avait plus qu'à attendre, c'était très excitant et la nuit leur parut interminable.

Le lendemain matin, ils étaient très tôt sur le pied de guerre, Adrienne et lui, chargés de faire le guet, faisaient semblant de jouer devant la maison. Comme les autres jours, vers dix heures, les allemands apparurent au bout du chemin, toujours à l'allure de promenade, on entendait le pas des chevaux sur le sol. Quand ils ne furent plus qu'à quelques mètres de la chapelle, Julien courut avertir Yves qui compta jusqu'à dix et agita le bâton. L'attaque fut immédiate, les chevaux se cabrèrent, hennirent et partirent au galop, emportant leurs cavaliers teutons qui hurlaient. Ils disparurent à tout jamais au premier virage.

Adrienne était la grande sœur de Julien, elle avait un an de plus que lui, mais, à cette époque, ils avaient la même taille et on les prenait souvent pour des jumeaux. Une grande complicité existait entre eux. Pris sous le feu croisé de leurs regards et de leurs réflexions, les adultes ne pouvaient pas leur cacher grand-chose.
Adrienne semblait complètement en adéquation avec la nature et depuis que Pierre Hémery était passé, rien ne lui échappait.
— Tiens disait-elle, un renard est passé par là, ici c'est un blaireau, mais il y a plus longtemps.
Elle était aussi capable d'attraper des truites à la main sous les berges des rivières entre les racines des saules. Elle marchait et même courrait à quatre pattes à une vitesse incroyable.

Raoul Marty, leur grand-père maternel, qui, à Brest, emmenait Julien en promenade voir la rade, était originaire du sud-ouest. Il était né à Bourlège, un petit village de l'Aude situé à quelques kilomètres de Limoux d'où sa mère était originaire. Après des études secondaires chez les Jésuites à Toulouse, il avait fait son service militaire dans la marine à Brest où il avait fait la connaissance de Louise, qui elle, était originaire des environs de Quimper.

Charles, son père, l'arrière grand-père de Julien, était né à Ax-les-Thermes en Ariège. Officier de spahis en Algérie, il y avait fait presque toute sa carrière, après avoir participé à la guerre de Crimée. La mère de Julien parlait très souvent de lui et en avait fait à ses yeux une sorte de mythe auquel il était rattaché par les reliques qui se trouvaient dans les tiroirs de la fameuse commode, la médaille de Crimée, le shako et les épaulettes d'officier. Sa femme, Augusta, l'avait suivi en Algérie où deux de leurs enfants étaient nés. Charles était mort depuis longtemps, en 1904, Augusta plus jeune, lui avait survécu pendant de longues années, jusqu'en 1939. Elle était venue habiter Brest pour être près de son plus jeune fils, Raoul. C'est elle qui avait raconté des épisodes de leur vie en Algérie et les campagnes de son mari à Yvette, la mère de Julien qui à son tour les rapportait, sans doute quelque peu embellis et exagérés. Qu'importe, c'est par elle que les premières images d'Algérie étaient arrivées, portées par le Sirocco, relayées par la Tramontane.

Les familles donnent parfois d'elles une image virtuelle qui ne doit pas tout à la réalité vraie ou à la réalité fabriquée. Derrière, il y a des images différentes, des non-dits, des mystères que chacun perçoit selon sa sensibilité. Images collectives, images personnelles où se mêlent réel et imaginaire qui rendent parfois extraordinaires des vies qui autrement auraient été ordinaires.

Certaines choses ne pouvaient se dire qu'en famille. Ainsi l'histoire de ce grand oncle atteint de la rage avant que Pasteur n'en découvre le vaccin et qui avait péri étouffé entre deux matelas, seule solution à l'époque.

On ne pouvait pas non plus parler devant n'importe qui d'un frère d'Augusta et de ses démêlés avec les hulans. Poursuivi par eux, après un engagement lors de la guerre de 70, il avait réussi à leur échapper en se cachant dans une meule de foin, fait apparemment peu glorieux, bien qu'il faille se garder de tout jugement hâtif quand on ne s'est pas trouvé dans une situation similaire. Les hulans avaient donné des coups de baïonnettes dans le tas de foin sans le découvrir mais en le blessant grièvement. A la fin de sa vie, les chevaliers teutoniques étaient devenus une obsession pour lui et le soir, avant de se coucher, il mettait de la cendre devant sa porte pour voir si les allemands n'entraient pas chez lui pendant la nuit.

Augusta, dans les dernières années de sa vie, était atteinte des mêmes perversités mentales que son frère. Il ne s'agissait pas de Hulans cette fois mais d'arabes, et le soir, révolver au poing, accompagnée de sa fille Berthe, elle faisait le tour de l'appartement, pourtant situé au deuxième étage, au dessus de celui de son fils, à Brest, pour fixer des barres de fer derrière la porte et à chaque fenêtre.

Le grand tilleul devant la maison, se couvrit de fleurs. Un doux parfum envahit le jardin et même la maison. Ils avaient commencé la cueillette des fleurs, leur père avait coupé quelques branches basses pour leur faciliter la tâche. Tante Berthe, sans doute mue par des souvenirs de jeunesse dans son Aude natale voulut se joindre à eux et même diriger la récolte. Elle leur fit remplir des sacs de fleurs mais au bout d'une heure piqua une crise de nerfs et leur donna des coups de branches avant de monter s'enfermer dans sa chambre.

Après quelques jours passés à Concarneau, « Yan » arriva comme une bourrasque, un jour du mois d'août. Artiste peintre et parisien « Yan » était un ami de débâcle de leur père. Ils avaient fui ensemble devant l'ennemi depuis Compiègne jusqu'à Auch. Ils évoquèrent leur aventure guerrière, ils avaient eu le temps de digérer la défaite et parlèrent aussi des bons moments dans les situations les plus catastrophiques. Ils riaient de leurs déboires et aussi d'eux mêmes, pris au milieu de ce désastre d'absurdité.

« Yan » était un personnage haut en couleur et malgré le rappel de ces douloureux souvenirs, une vague d'énergie et de bonne humeur entra avec lui à Kerdeleau. Il parlait beaucoup, chantait et jouait d'un cor de chasse qu'il avait amené dans ses bagages. Même s'il subissait la guerre comme tout le monde, il n'en oubliait pas pour autant sa raison de vivre : la peinture. C'était un peintre de la mer, de ports, de pêcheurs et de bateaux. A Kerdeleau, loin de ses modèles habituels, il jeta son dévolu sur les pignons des maisons qui, à l'entrée du bourg, se succèdent au gré de la pente, accolés ou décalés, se détachant comme des voiles de bateau sur le ciel. C'était un virtuose des nuances et des demi tons dans une gamme limitée à quelques couleurs, blanc, gris, ocre jaune et ocre rouge, une sorte de camaïeu qu'il faisait vivre par quelques éclats de lumière judicieusement disposés. Il procédait par larges touches de peinture qu'il étalait au couteau. On ne discernait d'abord que des différences de couleurs et de tons. Puis, au fur et à mesure que l'œuvre avançait, on voyait émerger lentement un dessin au milieu d'ombres et de lumières. Clairs et obscurs, plus ou moins clairs, plus ou moins obscurs, s'harmonisaient pour donner, en se conjuguant aux aspérités provoquées par le couteau, une illusion de réalité. Une réalité assez proche de l'abstraction. Il regardait longuement devant lui, les yeux mi-clos, jaugeait, évaluait, puis au terme d'une assez longue réflexion, prenait une décision et poursuivait son œuvre en exécutant des gestes courts et précis.

Julien se tenait derrière lui, observant en silence la moindre de ses interventions sur la toile. « Yan » ne parlait pas mais Julien finissait par croire que certains de ses gestes étaient des signes qui lui étaient en partie destinés. Secrets de communication, leçon de peinture sans parole ? Ou simple imagination de sa part ?

« Yan » ne terminait jamais complètement l'oeuvre entamée dehors, se réservant pour plus tard une autre façon de voir, une autre réflexion. Il abandonnait son sujet après avoir capté, apprivoisé, analysé l'essentiel. Il rangeait palette, peinture, couteaux, repliait son chevalet et ils rentraient.

« Yan » avait surnommé Julien, Juseppe et quand il était en verve : Juseppe Marc Antonio. Julien ne savait pas pourquoi il l'appelait ainsi mais ça paraissait affectueux. Il était désormais affublé de deux prénoms.

De retour à la maison, « Yan » explosait. Un autre personnage, le faiseur d'ambiance, prenait place. Il chantait un répertoire de cinq ou six chansons d'ancien élève des Beaux Arts qu'il était, disait des mots, des ensembles de mots, des répétitions de mots. Il créait un fond sonore dans lequel il attrapait comme dans un filet, tous ceux qui se trouvaient à portée de voix. Ils étaient loin de la guerre.

Il repartit au bout d'un mois avec une provision de toiles et de croquis à retravailler dans son atelier parisien et, en plus, quelques mottes de beurre, des œufs et du lard, denrées très précieuses en ces temps de vaches maigres.

Il faisait encore jour au moment où ils allaient se coucher. Les images de la tapisserie attiraient immédiatement le regard de Julien, il y pensait même avant d'arriver dans sa chambre. Un soldat, une bergère et son mouton suivi d'un moulin à vent... Cet étrange ensemble avait peut-être une signification, mais elle lui échappait. Les personnages répétitifs, disposés en alignements obliques, qui pour d'autres n'auraient peut-être eu aucun intérêt, le fascinaient. Ils disparaissaient l'un après l'autre en arrivant au plafond comme s'ils sautaient de l'autre côté du mur. D'autres alignements se coupaient à quatre-vingt-dix degrés à chaque angle de la pièce, finissant toujours par disparaître en haut du mur contigu.

Sa mère, en posant la tapisserie, avait fait en sorte que les personnages, s'ils étaient coupés en arrivant à un angle, s'articulent parfaitement avec l'autre demi personnage, ce qui arrivait à tour de rôle au soldat, à la bergère, au mouton ainsi qu'au moulin. Il suivait du regard chaque rangée, arrivé au bout il en reprenait une autre. Parfois, pour surprendre les acteurs, il jetait un coup d'œil en arrière, il lui semblait que l'un d'entre eux avait bougé. Il repartait vers l'avant et brusquement, de nouveau en arrière. Pas de doute cette fois le soldat avait bougé, la bergère aussi.

A force de regarder, un véritable manège se mettait en marche, jusqu'au moment où la nuit envahissant la chambre, le contour des personnages s'estompait. Il s'endormait.

Quand les premières lueurs de l'aube filtraient à travers les interstices des volets, le manège se remettait lentement en mouvement, le film redémarrait

Yvette, la mère de Julien avait trente cinq ans, un an de moins, qu'Hervé leur père. C'était une grande femme aux cheveux châtain foncé et aux yeux verts. Ses pommettes saillantes et le charme de son sourire rendaient son visage très expressif. Le calme et la volonté que l'on sentait en elle sécurisaient et donnaient confiance, c'était en tout cas l'impression qu'il en éprouvait.

L'itinéraire était toujours le même quand, le

dimanche, ils l'accompagnaient à la messe à Plougonven. L'étang, le petit bois, un peu avant la ferme du Moguérou, ils prenaient à droite un chemin presque abandonné où ne passaient plus que quelques charrettes qui avaient marqué le sol d'ornières profondes. Une ambiance étrange régnait dans ce chemin et Yvette se laissait prendre à son piège. A peine y avaient-ils fait quelques pas, qu'elle se mettait à fredonner les mêmes airs qu'à Morlaix sur la route qui menait à la mer, toujours ces chansons un peu tristes.

Le chemin était droit, bordé d'arbustes, des houx, des saules, des osiers, des noisetiers. Il croisait une allée de châtaigniers qu'ils prenaient sur la gauche et qui les amenait à un calvaire au bord de la route départementale face à l'entrée d'un manoir dont on voyait au bout d'un chemin, un corps de bâtiment dominé par une grosse tour. Cet endroit inspirait à Julien un sentiment de crainte. Une légende racontait qu'autrefois, il y a très longtemps, le seigneur des lieux avait vendu son âme au diable. Ce qui prouve que le diable a quand même réussi à se faire une petite place dans le pays. Le contrat expiré, le démon vint réclamer son dû, mais il ne trouva que la femme du châtelain qui lui dit :

— Mon mari est en train de se préparer, lorsque la bougie que je tiens à la main sera consumée, il se présentera à vous.

Le malin ayant accepté le marché, elle s'enfuit avec la bougie éteinte pour aller la placer dans la chapelle entre les mains de saint Nicolas. Satan ayant compris qu'il avait été joué, s'en alla la queue basse.

Malgré ce que disait sa mère pour les rassurer, il paraissait évident à Julien que le diable devait continuer à roder dans les parages.

Après cette scène imaginaire, ils arrivaient au bourg puis à l'église pour voir le couvreur, « Milbéo » dans ses habits de bedeau.

Yves retourna à Carhaix fin septembre pour la rentrée des classes et on les mit Adrienne et lui a l'école à Plougonven. Adrienne à l'école des sœurs et Julien à l'école des frères. Ils faisaient la route à pied, trois kilomètres aller, trois kilomètres retour. Les jours se faisaient de plus en plus courts. Ils partaient très tôt le matin et, le soir, devaient se dépêcher pour être à la maison avant la nuit.

Le froid était humide et pénétrant à Kerdeleau ou l'ambiance avait changé. Le soir la famille se retrouvait autour de la table de la cuisine, éclairée par l'unique lampe à pétrole qui projetait sur les murs, derrière eux, leurs ombres mouvantes. Ils allaient tous se coucher en même temps, en suivant leur père qui tenait l'unique lampe, et montaient l'escalier en file indienne. En se couchant, Julien apercevait le soldat et la bergère qui prenaient des formes fantastiques dans la lumière de la flamme vacillante de la lampe à pétrole.

La nuit, on entendait des craquements. Sans doute un plancher ou une boiserie. Au second étage, un volet mal arrimé battait les soirs de grand vent et les branches des châtaigniers s'agitaient. Une chouette hululait dans un arbre, elle s'envolait en poussant des cris stridents, un instant plus tard, on l'entendait de l'autre côté de la maison.

A Carhaix, le château, réquisitionné était devenu kommandantur. Les allemands n'avaient laissé à ses grands-parents que trois pièces au rez-de-chaussée ainsi que la chambre de Joël au second étage, que leur grand-mère avait réussi à négocier avec le commandant allemand qui avait accepté par égard pour un officier français mort au combat. Les allemands faisaient encore quelques concessions pour donner d'eux une image convenable, même flatteuse. Mais ils étaient les maîtres du pays et un grand drapeau à croix gammée flottait désormais sur la façade du château rouge.

La pluie vient de l'ouest, le vent se charge de toute l'eau de l'océan et la déverse sur la terre. Julien aimait ce temps et restait dehors faire des canaux pour capter des ruisseaux qui se formaient sur le sol gorgé d'eau des allées. Il essayait de les réunir pour n'en faire qu'un seul qui dévalait le chemin, passait sous la barrière et, traversant la route allait se jeter dans l'étang. L'eau dégoulinait sur ses joues, il était trempé. Sa mère ouvrait la fenêtre de la cuisine et lui criait :
— Tu es fou ! Julien, tu vas prendre mal, rentre !
Il lui obéissait. Elle lui frottait alors la tête avec une serviette pour lui sécher les cheveux. Aussitôt après, c'était plus fort que lui, il retournait capter ses ruisseaux qui avaient continué de grossir. A l'approche de la nuit, il rentrait à regret. Les grandes ardoises qui recouvraient le sol de la cuisine, étaient humides et glissantes, un feu crépitait dans la cheminée, sa mère allumait la lampe à pétrole qu'elle posait sur la toile cirée de la table. C'était souvent l'heure où le temps changeait, le vent se levait. Un lambeau de jour triste apparaissait encore entre les nuages. Des coups de vent plus forts annonçaient la tempête et s'engouffraient dans la cheminée. On voyait à travers les vitres la silhouette tragique des grands châtaigniers qui s'agitaient devant les nuages sombres.
Pendant la nuit, la tempête se déchaînait, elle se lançait avec fureur contre la façade de la maison. Le volet mal accroché claquait au second étage. Parfois, elle semblait se calmer, on n'entendait plus alors que de longs gémissements lointains. Soudain, elle revenait à l'improviste, redoublant de violence. Bercé par ce tumulte, Julien finissait par s'endormir.

Le lendemain matin, le calme était revenu. Sitôt réveillé, il n'avait qu'une hâte, aller voir les arbres. Ils avaient résisté. Habitués à subir les assauts du vent, leurs racines étaient profondément agrippées au sol, et ils n'avaient abandonné à l'adversaire que quelques branches qui gisaient par terre. C'était la fin du drame. Les derniers nuages couraient dans le ciel.

Ils étaient au cœur d'un univers naturellement organisé par les saisons et leur immuable renouvellement. Une harmonie entre l'homme et la nature. Les oiseaux rythmaient le temps, ils annonçaient une aube resplendissante ou un matin gris encore enfoui dans la brume. La fin du jour était marquée par les vols de choucas rejoignant pour la nuit les grands arbres que l'on voyait du côté de Guerlesquin.

Une fois par an, dans la ferme voisine, la batteuse, timide annonciatrice des temps modernes, s'installait sur l'aire à battre. Les gerbes de blé entraient d'un côté, de l'autre les grains emplissaient les sacs. Les hommes faisaient des concours de force, s'arrêtaient pour boire du cidre. Les femmes étaient dans la maison, elles préparaient le repas ; omelettes, pommes de terre, lard lait ribot et cidre.

Jusqu'à leur arrivée à Kerdeleau, en dehors des promenades vers le Dourduff-en-Mer, Julien ne connaissait la campagne qu'à travers les vitres de la voiture de son père, un film qui se déroulait à cent à l'heure. La traction s'était arrêtée, ses galoches s'enfonçaient désormais dans la boue des chemins. Il ressentait le moindre caillou, la plus petite motte de terre, il aimait sentir sur ses joues, la pluie, le vent, le soleil. Il aimait l'odeur de l'herbe, l'odeur de la terre labourée, celle des eaux vives et même celle des eaux croupissantes.

Poussée par la force de l'eau, la roue du moulin tournait, la centrale électrique terminée fonctionnait comme l'avait imaginé son père. Le soir, il fermait la vanne de l'étang et le matin, l'eau retenue toute la nuit entraînait la roue qui, par un jeu de poulies et de courroies, faisait tourner une dynamo. Une ligne amenait l'électricité jusqu'à la maison où elle était stockée dans des batteries. La dynamo avait été récupérée sur une forteresse volante abattue par la DCA dans les environs.

Les sarcelles et les vanneaux, oiseaux annonciateurs du froid, firent leur apparition, l'hiver s'installa. Leurs galoches claquaient sur le sol durci. Ils mettaient des moufles pour aller à l'école, ainsi qu'un passe-montagne, sans doute un héritage de son grand-père pyrénéen. La maison était de plus en plus froide, un feu dans la cheminée de la cuisine, un autre dans le poêle de la grande pièce, ne faisaient qu'illusion.

Des réfugiés de Morlaix s'étaient installés à proximité de Kerdeleau. Commerçants en ville, ils continuaient à travailler et faisaient chaque jour l'aller retour à bicyclette. Une famille était installée au Moguérou, une autre à Guernanton.

L'installation électrique terminée, chaque pièce équipée, le père de Julien lui apprit à vérifier les batteries et à les mettre en charge. Le soir, ils n'étaient plus prisonniers de cette zone étroite de lumière projetée par la lampe à pétrole et dans laquelle, instinctivement chacun se réfugiait pour ne pas se faire attraper par l'ombre qui se tenait derrière eux.

A la fin de l'année, après l'attaque de Pearl Harbor par les Japonais, les américains entrèrent en guerre. Son père dit qu'il attendait cet événement depuis longtemps et que maintenant, on pouvait commencer à espérer, le rapport des forces était complètement différent et que finalement, les Japonais, sans le vouloir, leur avaient rendu un grand service.

Mais en attendant, les allemands imposaient leur loi. Les résistants tentaient de s'organiser, espionnés et traqués par la Gestapo. Les inconnus porteurs de messages passaient de temps en temps. Ils arrivaient et repartaient furtivement, en regardant à droite et à gauche avant de se mettre à découvert.

A la fin du premier trimestre, leurs écoles respectives, réquisitionnées, furent fermées. Ils étaient désormais en vacances forcées. Profitant de leur liberté, Adrienne et lui allaient souvent voir leurs voisins réfugiés au Moguérou, ils avaient des enfants à peu près de leur âge, également déscolarisés.

A un certain endroit, sur la route qui traversait le petit bois, une drôle d'odeur, un peu plus forte chaque jour, attira leur attention.

— On dirait l'odeur d'un renard mort ! dit Julien.
— Moi, je trouve que ça ressemble plutôt à l'odeur d'une vipère écrasée, lui répondit Adrienne.

Pour en avoir le cœur net, un jour ils entrèrent dans le bois. Juste derrière le talus qui bordait le chemin, des talons de bottes sortaient du sol et on distinguait assez nettement la forme d'un corps sous les feuilles mortes. Il coururent chercher leur père qui, revenu avec eux, enleva les feuilles. Un homme gisait, face contre terre. Il portait une veste marron et un pantalon rentré dans des bottes en caoutchouc, à l'arrière de la tête sur ses cheveux blonds, presque roux, on voyait une tâche foncée de sang coagulé ! L'odeur qu'il dégageait était douçâtre et écœurante, une odeur de mort qui ne s'oublie pas !

Son père dit qu'il était mort depuis plusieurs jours et alla prévenir les gendarmes. On ne connut jamais l'identité de l'homme, pas plus que ce qui s'était passé.

Son père se rappelait avoir entendu passer une voiture, quelques jours auparavant, il était très tard, des portières avaient claqué, peut-être un coup de feu ! Il n'était pas sûr.

Un tas d'hypothèses furent avancées, et puis, après quelques jours on n'en parla plus. Ce coin de bois, au bord de la route, resta « L'endroit de l'homme mort ».

Les jours s'étaient allongés, le matin en se réveillant Julien voyait de nouveau sur les murs de la chambre le soldat, la bergère et le moulin à vent, et le soir, il demandait que la lumière reste allumée pour continuer à voir son film.
Après une tempête, le printemps fut là une fois de plus, en avance cette année-là, des bourgeons, des jonquilles, des primevères, des chants d'oiseaux. On était en 1942, il avait sept ans.

Une solution à leurs problèmes de scolarité se présenta sous les traits d'un jeune instituteur, monsieur André, qui se cachait pour échapper au travail obligatoire en Allemagne et à qui leur père proposa le gîte et le couvert à Kerdeleau. C'était pour eux la fin des vacances.

Julien qui n'avait fait jusque-là que quelques tentatives d'apprentissage de la lecture, qui à chaque fois, n'avaient duré que quelques mois à cause de la guerre eût beaucoup de mal à se plier à la contrainte de deux heures de cours chaque matin, horaires convenues entre son père et monsieur André.

Malgré tout, cette fois il fit beaucoup de progrès en lecture, plus attiré pourtant par le calcul et les problèmes de débit de robinet et de rencontre entre deux trains roulant à des vitesses différentes.

Pour sa mère, la présence de monsieur André fut un souci de plus, il sortait le soir et rentrait souvent après le couvre-feu, parfois un peu éméché. De la guerre, ils avaient des nouvelles par leurs voisins du Moguérou qui possédaient une radio et chez qui on l'envoyait le soir demander un compte-rendu rapidement griffonné sur un bout de papier.

Fin mars, le père de Julien fut informé qu'une réunion de résistants était prévue à Carhaix pour le surlendemain. Sa bicyclette était en réparation au bourg, tous les problèmes matériels étaient compliqués, et en plus, il n'y avait pas de train ce jour-là, ça tombait mal. La réunion était sans doute très importante, car il décida de faire les trente cinq kilomètres à pied. Julien insista pour l'accompagner, privilège qu'il obtint malgré des réticences de sa mère.

Ils partirent tôt le matin, son père avait mis ses chaussures et ses guêtres de chasseur. Lui, avait pris sa bicyclette qu'il venait de repeindre en rouge.

L'étang, le petit bois, Moguérou. Arrivés sur la grand-route, ils prirent à gauche, la route de la montagne. Il faisait frais, la campagne resplendissait, encore humide de la nuit. Le printemps était précoce. Les primevères commençaient à percer sur les bords du chemin. Julien faisait des allers et retours sur sa bicyclette, précédant puis revenant vers son père qui marchait d'un bon pas. Parfois, il marchait à côté de lui, poussant son vélo, posant des questions.

Après quelques kilomètres, ils traversèrent un village. Un forgeron mécanicien à l'entrée, une double rangée de maisons aux façades grises, deux ou trois commerces aux devantures tristes, un monument aux morts devant l'église, pas un chat dans la rue, quelques visages blêmes derrière des fenêtres de maisons obscures, qui disparaissaient dés que l'on regardait dans leur direction. Encore quelques habitations et puis plus rien. Un désert, sorte d'immense plateau vide, bordé au loin par des crêtes basses. Des herbes rudes, des fougères, des ajoncs, des bruyères, quelques arbres agrippés au sol, tordus, rabougris, penchés par le vent, animaient cette terre pauvre.

Ils dérangeaient parfois un oiseau, corbeau, épervier ou buse, qui s'envolait lourdement pour se poser un peu plus loin.

Cette étendue solitaire constitue l'extrémité nord d'une terre bien plus vaste qui s'étend sur l'autre versant, derrière la ligne de crêtes. Terre aride et désolée, rude, farouche, faite de landes, de pierres et de silence. Les êtres que l'on y rencontre sont si étranges que l'on ne sait jamais s'ils appartiennent au monde des vivants ou à celui des morts.

Après avoir marché longtemps, ils arrivèrent à une croisée de chemins. Une maison aux volets fermés et une croix en granite, premiers signes, depuis longtemps de présence humaine et qui marquaient l'autre frontière. Quelques jonquilles sur le bas-côté de la route, au milieu d'une herbe rase et par-ci par-là, le retour du bocage. Des moineaux et des grives peuplaient la campagne de leurs piaillements. Nulle trace encore d'êtres humains, seulement quelques rares fumées qui s'échappaient de cheminées cachées derrière des arbres ou des replis de terre, que l'on devinait plus que l'on ne voyait, révélaient la présence de l'homme. Cette partie du chemin était monotone, la route sinueuse se répétait inlassablement d'un virage à l'autre, sans que rien n'accroche le regard. Après une pause casse-croûte ils passèrent devant un grand pré qui descendait en pente douce jusqu'à la route, sans haie ni bordure pour en marquer la limite. Un vieux berger qui veillait sur des brebis et de jeunes agneaux, leur fit un signe avec son bâton. Un peu plus loin, l'Aulne coule au fond d'une vallée profonde, quelques minutes après, ils seraient tout en bas, sur le pont. On voyait un groupe de maisons au bord de la route qui longe la rivière avant de s'enfoncer dans la forêt de Fréau.

Son père lui parlait de chasse, quand soudain, ils aperçurent, sortant de la forêt et venant dans leur direction, les premiers véhicules d'un convoi « vert-de-gris ». Il était encore assez loin et ils eurent le temps de se mettre à couvert un peu plus haut, son père préférait éviter ce genre de rencontre.

Une dizaine de camions débâchés dans lesquels étaient assis des soldats armés et casqués étaient encadrés par deux automitrailleuses. Cachés derrière une haie de genêts, ils les regardèrent passer, attendant que la voie soit libre pour continuer leur chemin.

La route descendait vers la rivière en décrivant une grande boucle jusqu'au pont qui enjambe l'Aulne au lieu dit « Pontroël ». Quelques centaines de mètres plus loin, ils entrèrent dans la forêt d'où ils avaient vu sortir les allemands. De grands hêtres formaient un sous-bois clair et frais.

Le bois de Fréau est un de ces lieux prédestinés propices à des évènements graves ou anodins, parenthèse entre deux mondes, passage d'un lieu découvert à un lieu couvert, lisière, frontière. A cet endroit, deux ans plus tard, le sept août 1944, un combat eut lieu entre américains et allemands. Deux chars calcinés restèrent longtemps sur le bord de la route. L'ambiance y est indéfinissable. Mélange d'idée de mort et d'éternité.

C'est un lieu plus qu'étrange où à chacun de ses passages, Julien assistait à une scène insolite.

Un jour, après que les chars eurent été enlevés, une famille, le père, la mère et trois enfants pique-niquaient à l'endroit exact où des soldats avaient trouvé la mort. Pourquoi pas ! À certains, cela peut paraître banal, et la famille en question n'était pas au courant du drame.

Une autre fois, alors qu'il passait en voiture avec

47

son père, toujours au même endroit, des chasseurs se faisaient photographier devant un sanglier mort. L'un d'eux, l'air triomphant, avait un pied posé sur l'animal qu'il venait de tuer.

Le hasard ou la providence voulait-il à sa manière par des faits anodins, dérisoires et éphémères, rappeler un fait d'armes que personne ne songerait jamais à signaler par une inscription sur une plaque de marbre, le combat et le sacrifice de héros anonymes, qui avaient fait des milliers de kilomètres pour y trouver la mort, ou signaler qu'une même terre peut être à la fois un lieu de vie et un lieu de mort, une sorte de scène de théâtre interchangeable ?

Quoi qu'il en soit cet endroit n'est pas serein. La forêt se resserre sur la route qui semble pressée d'en sortir.

De l'autre côté du bois, après deux virages, la chaussée traverse un village : quelques maisons, une école, un temple protestant. Cinq kilomètres plus loin, alors qu'ils venaient de longer un hippodrome, ils découvrirent depuis le sommet d'une côte, la ville et ses deux clochers : Saint Trémeur et Saint Pierre. L'Hyère coulait à leurs pieds, décrivant une grande boucle autour de la ville.

Après avoir franchi le pont, son père qui ne se sentait sans doute pas la conscience tranquille, décida, pour éviter la voie principale de passer par la rue des orfèvres, devenue un simple chemin empierré qui grimpe et débouche en ville entre le cimetière et le patronage « La Tour d'Auvergne ». Plus loin, en arrivant à l'église Saint Trémeur, ils tournèrent à gauche dans la direction des halles et de la place au Charbon. Toujours pour éviter le centre, ils traversèrent le champ de foire d'où, par une petite venelle, ils arrivèrent rue Fontaine Blanche, à une cinquantaine de mètres du Château-Rouge.

Le drapeau à croix gammée flottait sur la façade.

Son père l'avait prévenu, mais cela lui fit un drôle d'effet, même si à son âge, il ne pouvait pas en mesurer encore toute la portée.
— Il vaut mieux aller d'abord aux nouvelles chez tonton Jacques dit son père. Julien embrassa son oncle et sa tante qui habitaient en face, il n'y avait rien à signaler.

Ils traversèrent la rue pour aller à la kommandantur. Son père parlementa avec la sentinelle qui, après avoir appelé un supérieur, les laissèrent entrer en les faisant accompagner jusqu'à une porte donnant sur le côté du château. Il entrèrent et Julien laissa sa bicyclette au bas de l'escalier de service.

Il ne connaissait pas beaucoup ses grands-parents, il ne les avait pas vu depuis deux ans, c'était avant l'arrivée des allemands. Les retrouvailles se passèrent sans beaucoup d'effusions. « Bia » son grand-père posa ses mains sur ses épaules et lui dit
— Tu as grandi mon fi !

Et sa grand-mère mit ses deux mains devant elle en disant :
— Surtout ! Ne m'approche pas ! Je suis enrhumée.
Ils étaient fatigués. Après avoir changé de chaussures, son père le laissa seul avec ses grands-parents. Il quitta la kommandantur pour aller à sa réunion de résistants dans la maison d'en face qui possédait un autre accès à l'arrière en passant par le jardin.

Resté avec ses grands-parents, Julien observa à travers les vitres des portes-fenêtres qui donnaient sur l'arrière du parc, des soldats allemands qui s'affairaient autour des camions et d'une automitrailleuse. Un petit homme blond donnait des ordres en hurlant des mots qu'il ne comprenait pas.

Son père revenu, ils dînèrent dans la cuisine. Un mauvais repas. La guerre n'y était pour rien, il en avait toujours été ainsi, parait-il. Une soupe très liquide, contenant du pain et quelques lambeaux de viandes avec des yeux de graisse en surface, suivie de pommes de terre accompagnées de beurre rance et d'un morceau de lard. Du lait caillé en guise de dessert.

    Sa grand-mère et son père parlèrent de la guerre et de l'occupation, de la cohabitation difficile avec les soldats allemands. Son grand-père faisait comme s'il n'était pas concerné et prenait l'air étonné quand on lui parlait des occupants. Son étude avait été transférée dans une maison de la rue principale. Le repas terminé, son père retraversa la rue pour aller dormir dans la maison d'en face.

    Ses grands-parents avaient préparé à son intention, un lit au pied du leur. Au moment de se coucher, « Bia », debout, en caleçon long et gilet de flanelle, après s'être soigneusement peigné, lui dit :
— Regarde bien, mon petit Julien, tu vois mes cheveux ! Ma raie est impeccable ! Je vais dormir sans bouger et demain matin tu verras, elle sera toujours parfaite.

    Sa grand-mère s'était éclipsée derrière un paravent. Il entendit quelques bruits d'eau et elle se coucha sans rien dire. La lumière éteinte, Julien se souvint de « Barbe Bleue ». La cave ou il l'avait mentalement refoulé au moment de l'histoire de la lanterne magique, devait se trouver exactement sous la pièce dans laquelle il était couché.

    Les allemands firent du bruit toute la nuit à l'étage au-dessus, particulièrement au moment des changements de garde.

    Enfin, il dormait d'un sommeil profond quand à six heures du matin, il y eut un véritable branle bas de combat quand ils se levèrent tous en même temps.
« Bia » fut debout presque au même moment.
— Regarde mes cheveux, Julien, je t'avais bien dit !
    Il faisait comme s'il ignorait complètement la

présence des allemands.

Vers huit heures et demi, après un petit déjeuner rapide, ils quittèrent les lieux. Une fois dans la rue, son père lui dit :

— Julien ! Regarde sur ta gauche du coin de l'œil ! Tu vois ces deux soldats allemands ? Julien eut juste le temps de les voir au moment où ils allaient disparaître sous une porte cochère.

— Ce sont des français engagés dans l'armée allemande !
    Et il ajouta,
— Les malheureux !

Ils allèrent dire au revoir à son oncle et à sa tante dans la maison d'en face. Pendant qu'ils étaient chez eux, Julien vit par la fenêtre une trentaine de soldats allemands qui marchaient au pas de l'oie en faisant claquer les talons de leurs bottes sur le macadam et en chantant. Ils entrèrent dans le parc du château, en tournant à angle droit devant la grille, dans un ensemble parfait, tels des automates. Une image récurrente.

Ils rentrèrent par le train qui ce jour là fonctionnait. Kerdeleau était à sept kilomètres de la gare. Le père Nicolas, le commissionnaire, les emmena dans sa carriole, jusqu'au bourg.

Julien se remémorerait souvent cette randonnée, sans doute un des moments qui marquèrent pour toujours sa vie. Il se revoyait avec son père dans cette immensité solitaire. Evènements, non évènements, attentes, instants magiques. Parcours initiatique dans un monde hostile.

Son père retourna à Carhaix, une quinzaine de jours plus tard, seul cette fois. Les grands-parents de Julien devaient quitter les trois pièces que les allemands leur avaient laissées au moment de la réquisition et avaient trouvé refuge dans une ferme, à quatre kilomètres de la ville. Son père les aida à déménager et revint avec

quelques livres.
— Tu te souviens Julien, des deux Français en uniforme allemand que je t'avais montrés dans la rue ?
— L'un a été fusillé par les allemands et l'autre abattu par les résistants.

Tonton Jacques, dénoncé par un homme qu'il connaissait bien, fut arrêté quelques jours après par la Gestapo qui n'eût qu'à traverser la rue. En perquisitionnant, les allemands trouvèrent un poste émetteur. Emprisonné d'abord à Fresnes, condamné à mort, il fut gracié et finalement déporté. Le père de Julien dit que, même sous la torture, il ne parlerait pas.
Pour les enfants, la vie semblait continuer normalement. Pourtant le réseau « Johnny », c'était son nom, était presque complètement décimé.

Pour la première fois, au cours d'une conversation entre ses parents, Julien entendit parler de Georges. Son père dit qu'il s'était évadé de Poméranie où il était prisonnier depuis deux ans. Il l'avait rencontré à Carhaix où ils avaient eu une réunion la veille. Georges, natif de cette ville, se cachait chez ses grands-parents maternels, les Rouillard. A peine revenu de captivité, il avait pris contact avec les rescapés du réseau.
Son père le connaissait mais Georges était plus jeune que lui d'une douzaine d'années. Il avait vingt-cinq ans, la génération de Joël et de « Jaco ».

Récit de Georges.[*]

Le 23 avril 1942, jour de ma fête : St Georges. Un camarade qui travaille à la gare de Belgard en Poméranie, me prévient qu'il vient de charger un wagon de pommes de terre de semence destiné à un commanditaire de la rue de Rivoli à Paris. D'après les papiers qu'il a vu, le wagon doit aller à Creil.

Les portes sont plombées, mais les fenêtres des wagons de marchandise allemands ferment par des loquets intérieurs. Mon camarade Bastard a bloqué une des fenêtres avec des taquets de bois, il suffit de pousser fortement pour l'ouvrir, on peut ainsi entrer et refermer la fenêtre. Bastard m'indique l'emplacement du wagon ainsi que son signalement. Départ vers 22 h 30, mais l'heure peut varier !

J'ai confectionné dans des capotes allemandes, deux vestes et deux pantalons. Le copain qui devait partir avec moi n'est plus décidé, un autre prisonnier, Marcel Godin, veut bien tenter l'aventure.

Nous nous évadons du kommando vers 22 heures. Après nous être débarrassés de nos uniformes militaires, nous les jetons dans un canal et, en civil, nous nous dirigeons vers la gare. Comme provisions, nous avons des biscuits de guerre, deux bidons d'eau, deux tablettes de chocolat. A la gare, nous avons beaucoup de mal à trouver le wagon, la formation du train a dû nécessiter beaucoup de manœuvres. La nuit est très noire, avantages et inconvénients...

Enfin, après une heure de recherches, nous trouvons le wagon, nous poussons la fenêtre et rentrons, nous sommes allongés sur des pommes de terre en vrac, à cinquante centimètres du plafond. A peine la fenêtre

---

[*] Voir notes à la fin du livre.

refermée, nous entendons des voix, puis après une secousse, la locomotive qui manœuvre. Enfin c'est le départ.

Notre wagon comporte une guérite occupée souvent par un Allemand que l'on entend respirer et bougonner.

Bombardements alliés de nuit, sur la gare de Stettin. Nous entendons les sirènes, par les fenêtres que nous pouvons ouvrir, nous voyons des pans de mur s'effondrer, des wagons brûler. Le spectacle est dantesque. Nous ne nous affolons pas, convaincus que les bombes alliées ne peuvent pas nous atteindre.

Deux jours d'arrêt et nous repartons. Lorsque le train roule, le moral est au zénith, quand il s'arrête les doutes nous assaillent :

— Et si la destination changeait ! Et si la voie était coupée ! Combien de temps va durer ce voyage ? A la frontière, des chiens policiers débusquent les évadés ! Faut-il quitter le wagon à l'approche de la frontière ?

Nous faisons une erreur, nous buvons beaucoup trop vite notre premier bidon d'eau et le deuxième n'est pas complètement plein. A partir du huitième jour, plus d'eau, alors pour calmer la soif, nous suçons des pommes de terre, c'est très désagréable et cela nous donne des brûlures d'estomac. Les jours et les nuits passent. Un beau matin, j'entends parler français. Ce sont des employés de chemin de fer qui râlent, parce qu'ils ne trouvent pas une clé de manœuvres.

C'est ainsi que j'ai su que nous avions passé la frontière. Dans les courbes, j'ai pu situer notre wagon, nous sommes très prés de la locomotive, le troisième wagon.

A Laon, j'aperçois le mécanicien qui inspecte les roues où les engrenages de la locomotive, (mon père est employé des chemins de fer à Morlaix), je siffle et je me rend compte qu'il m'a entendu. Le train repart, roule pendant vingt minutes et s'arrête à un signal « fermé » en pleine campagne. On frappe contre le wagon, mon camarade a le temps de me dire que j'ai fait une bêtise et que nous sommes pris. Les coups redoublent et une voix nous dit :

— Ouvrez la fenêtre les gars, nous savons que vous êtes là, vous n'avez aucune crainte à avoir.

J'ouvre la fenêtre et je vois le mécanicien qui me tend une musette pour que je la remplisse de patates. Il nous dit que nous allons bientôt arriver à Creil, de ne pas bouger, il nous préviendra. Si à la gare de Laon, il n'est pas venu, c'est parce que cette gare est très surveillée par les allemands.

A Creil, manœuvre du train. Notre wagon est mis sur une voie de garage. Quelques minutes d'attente. Une voix nous dit d'ouvrir la fenêtre. Nous descendons en titubant. Deux employés nous aident à faire nos premiers pas et nous conduisent dans un bâtiment. Ils nous donnent à manger, de l'eau, du savon et un rasoir.

Lorsque nous sommes arrivés à Creil, il était 16 heures. A 18 h 30, nous prenons un train de banlieue qui nous amène gare du Nord à Paris. Les employés de chemin de fer, nous ont donné de l'argent et pris nos billets, mais ils n'ont pas voulu nous dire leurs noms.

A vingt heures, nous sommes à Paris. Porte des Lilas, chez les parents de mon camarade. Là, nous prenons un bain, dévorons un poulet aux petits pois et passons la nuit à raconter nos aventures.

A Paris, j'avais un ami breton, officier de police : Le Corre, que je n'avais pas vu depuis 1937. Je trouve son adresse assez facilement. Quand il me voit, il devine d'après mes vêtements, que j'ai des ennuis.

Après avoir entendu le récit de mon évasion, il s'offre de m'aider, me donne un costume très présentable, *chemise, pull, chaussettes, chaussures, de l'argent, une carte d'identité, une carte d'alimentation. Je reste deux jours chez lui, je peux ainsi me rendre compte de la façon dont les français et les allemands se comportent.*

Enfin Montparnasse, 21 heures, direction la Bretagne. Morlaix où j'arrive vers 6 heures. A 6 heures trente, je suis chez moi. Mon père est déjà levé, par la porte vitrée, il me voit, crie mon nom, réveille ma mère et une de mes sœurs. Embrassades, beaucoup de joie.

Par mesure de prudence, le soir même, je suis à Carhaix où mes grands-parents habitent.

J'avais promis à mon camarade Marcel Godin de l'accompagner en zone libre. A St Aignan-sur-Cher, le rendez-vous est pris avec des passeurs qui nous font traverser le Cher en barque, de nuit. Sur l'autre rive, la zone libre. Nous allons nous faire démobiliser à Bitray prés de Châteauroux. L'officier qui nous interroge est sceptique. Il croit que nous lui racontons une histoire pour toucher la prime de démobilisation. J'ai tenu la promesse faite à mon camarade. Nos chemins se séparent ici. Je repars en zone occupée, pour essayer de rejoindre l'Angleterre par la côte bretonne. La Feld Gendarmerie est venue enquêter chez mes parents à Morlaix. Deux allemands ont interrogé ma mère. Comme elle leur demandait quelles étaient les sanctions lorsqu'ils reprenaient un prisonnier évadé, ils répondirent que c'était quatre à cinq jours de cachot, mais d'après eux, je devais déjà être repris, la Poméranie étant beaucoup trop loin de la France pour que l'on puisse s'en évader.

D'autres allemands portant sur eux des sigles beaucoup plus inquiétants sont venus plus tard.

Après l'expulsion des grands-parents de Julien, le

Château-Rouge fut transformé en forteresse. Le parc entouré de barbelés, le sol miné. L'effectif de la garnison doublé. La cave était désormais un lieu de détention pour les résistants. Ils subissaient un premier interrogatoire dans un ancien salon du premier étage où ils recevaient gifles et coups de poings, ensuite s'ils ne parlaient pas, on les faisait descendre au sous-sol dans une salle spécialement aménagée pour la torture. Des poteaux avaient été installés au centre de la pièce, ils y étaient attachés, bras et jambes écartés...

Quand leurs bourreaux tortionnaires se mettaient à l'œuvre, des moteurs de camions disposés devant le soupirail de la cave étaient mis en marche, pour que de la rue, distante d'une quinzaine de mètres on n'entende pas les hurlements des suppliciés. Après les séances de torture ils étaient soit exécutés, soit envoyés en camp de concentration.

Quand on entendait les moteurs tourner, on savait que c'était jour de torture au Château-Rouge. Dans la rue, les gens pressaient le pas.

Yves revint pour les vacances. La récolte du tilleul se fit une fois de plus sous la conduite de tante Berthe et se termina de la même façon. Ensuite il y eut la récolte des haricots. L'élevage de lapins avait prospéré, mais pas question d'en manger un seul, ils avaient tous un nom. Leur vache pie noire continuait à fournir le lait nécessaire aux besoins d'une famille.

Le père de Julien semblait soucieux, on l'eut été à moins. Le réseau avait été presque entièrement décimé. Il retourna voir ses parents, mais n'alla pas jusqu'à Carhaix, il s'arrêta un peu avant Plounévezel où ses parents s'étaient réfugiés. « Bia » n'ouvrait plus son étude que deux jours par semaine. Il se rendait à Carhaix en voiture à cheval pour expédier les affaires courantes.

Yan revint au mois d'août, cette fois avec sa femme. Julien devint une fois de plus Juseppe Marc Antonio. A deux reprises, pendant leur séjour, Yan et sa femme allèrent avec ses parents, à bicyclette, faire bombance à Kerléo, une auberge qui ne semblait pas touchée par la pénurie. Yan en revint à chaque fois dans un état pitoyable, il n'était pas un as du vélo et le vin aidant, terminait sa course dans des ronciers.

L'automne ramena le vent et la pluie. Julien avait grandi, il ne se contentait plus des rigoles devant la maison. La campagne alentour, le bois après la chapelle et la prairie au sortir du bois, où se rassemblaient toutes les eaux qui alimentaient l'étang, formaient désormais son domaine. Il allait patauger au bord du Tromorgant gonflé par la pluie qui parfois tombait sans interruption, des jours entiers.

Le courant poussait les herbes arrachées et les branches cassées qui s'amoncelaient sur les bords. Avec un bâton, il faisait des barrages aussitôt emportés par les eaux tumultueuses. Il essayait de les consolider à l'aide de deux ou trois grosses pierres trouvées dans un talus, en enfonçant des branches dans le sol détrempé. Peine perdue, l'eau qui dévalait, se moquait des obstacles et emportait tout.

Trempé et seul avec les canards et les poules d'eau, dans ce monde liquide ou le ciel et la terre se confondaient, il était heureux. Aussi heureux que le héron cendré qui, à quelques mètres de là, le prenait sans doute pour un habitant de la rivière.

A la maison, le dîner terminé, le film se remettait en marche : le soldat, la bergère avec son mouton, le moulin à vent. Le scénario n'avait guère évolué, mais Julien maîtrisait désormais parfaitement les disparitions en haut du mur, les arrêts sur image et les flash-backs.

Le jour, la sorcière de fontaine attendait du côté du grand if, le moment où il viendrait puiser l'eau, elle ne se montrait toujours pas, s'amusant sans doute de son air inquiet.

Les cadeaux de Noël se limitèrent cette année là, à des livres. Il trouva entre autres, dans ses galoches, une histoire sainte grand format. Une idée de sa mère, son père n'était pas croyant.

Au milieu de l'ouvrage, une page représentait l'enfer. C'était insoutenable ! Un diable immonde, Satan en personne, se tenait au centre. Des hommes et des femmes tout droit sortis d'une toile de Jérôme Bosh cuisaient nus dans d'immenses chaudrons, tandis que d'autres, toujours nus, étaient entraînés dans des rondes infernales au terme desquelles ils étaient enfourchés et jetés dans de grands brasiers.

Julien ne s'intéressait pas aux images de béatitude qui étaient les plus nombreuses et tournait les pages rapidement avec la crainte et en même temps l'espoir de tomber sur celle de l'enfer qu'il tournait aussi dès qu'il apercevait Satan. Il s'empressa de l'enfermer mentalement, comme les autres au Château-Rouge dans la cave où se trouvait déjà « Barbe Bleue ».

La famille avait d'autres images à sa disposition. Avant l'occupation, la mère de Julien avait été abonnée à une revue littéraire et artistique : « Verve ». Elle ne la recevait plus depuis le début de la guerre, mais sept ou huit spécimens traînaient dans la maison et faisaient partie des archives de la famille. On y trouvait des photos et des reproductions de peintures et de sculptures accompagnées de textes d'écrivains, généralement contemporains.

Matisse, Derain, Utrillo, Van Gogh, Braque, etc... étaient souvent représentés et les enfants feuilletaient régulièrement les revues, sans se poser de questions, admirant les images et lisant quelques lignes sans en comprendre toujours la signification, une approche originale et libre de l'art.

Adrienne esquissait des dessins de mode, pour lesquels elle était très douée, Julien, plus concret, essayait de construire des bateaux dans l'atelier de son père, des morceaux de bois empilés les uns sur les autres, qui finissaient par ressembler à des bateaux de guerre, qu'il peignait en gris, souvenir peut-être du port de Brest.

L'état de santé de tante Berthe s'était détérioré. Elle ne sortait plus de sa chambre où la mère de Julien lui montait un plateau aux heures des repas. La folie semblait la gagner un peu plus chaque jour.

Son frère, leur grand-père Marty, annonça sa visite il arriva par le train à Plouigneau. En allant à sa rencontre, ils l'aperçurent de loin au bout du chemin. Malgré ses soixante dix ans, Raoul était encore une force de la nature. Des yeux bleus, une fine moustache, il avait le teint mat des hommes du Midi.

Berthe fut heureuse de revoir son frère, elle eut même des éclats de joie dans la voix. Quelques heures plus tard, alors qu'elle était remontée dans sa chambre, Julien entendit son grand-père dire :
— Il n'y a pas d'autre solution !

Le lendemain, ils le raccompagnèrent jusqu'au train. Quelques jours après, deux infirmiers vinrent chercher tante Berthe en ambulance. Elle crut que c'était son frère qui revenait et ouvrit la fenêtre pour crier :
— Raoul !!! Viens me chercher !!! Les deux infirmiers l'emmenèrent de force. Elle dut se sentir trahie.

Récit de Georges.

Je n'ai pas pu gagner l'Angleterre, Mais en cette fin de décembre 1942, j'étais heureux et insouciant. Un ami néo-zélandais partageait ma vie, pilote tombé du ciel, providence du dieu des Celtes.

En janvier 1943, notre pilote n'est plus seul, un autre aviateur, pilote lui aussi mais Américain, nous raconte en un jargon ponctué d'éclats de rire et de grands dessins, ses origines et ses aventures. Trop belle était la vie, j'ébauchais, pour les rapatrier en Angleterre, tant de plans merveilleux. Et puis, le temps passe vite. Bientôt à ma porte, après cette froide journée du 2 février 1943, par une nuit glacée, pluvieuse, un homme que je ne connaissais pas : Roger Le Neveu[*] est entré chez moi. Pourquoi chez moi ! Pourquoi ne l'ai-je pas tué ce soir là ?

Pourtant, je ne suis pas un néophyte. Prisonnier des allemands pendant deux ans, évadé de Poméranie, j'avais eu assez de temps pour imaginer, créer, combiner des évasions. D'ailleurs, il s'est avéré par la suite que mon style bouleversait toutes les idées reçues. C'est pourquoi, j'ai pu récupérer 60 à 70% des aviateurs tombés dans notre région.

Pour l'acheminement des aviateurs, mes ruses, mes feintes, mon culot, ne furent jamais mis en échec. Je me sentais invincible. Comme je n'avais fait aucun stage, aucun moule, aucune tactique ne permettait de me détecter.

Je vivais sur l'ennemi, dans l'ennemi, tel une lamproie. Mes projets étaient hasardeux, intrépides mais raisonnés. Je savais que mon action serait brève. Six

---

* Voir notes à la fin du livre.

mois... Si durant cette période, nous avions été soutenus par une base arrière située en Angleterre, nous aurions eu des résultats extraordinaires.

Je savais qu'il fallait impérativement, pour notre sécurité, que le recrutement de nos agents se limite aux cinq départements bretons. Exclusivement entre gens se connaissant de longue date, dans des petites villes et appelés en principe à se revoir après la guerre dans la même région. C'est le seul critère de sécurité.

Notre première erreur fut de faire partie du réseau Pat O'leary (nom donné après la guerre), infiltré par Roger le Neveu. Notre deuxième erreur fut de nous intégrer à la mission Oaktree. Ces deux erreurs nous ont été fatales, elles seront directement responsables de toutes les arrestations.

Il est difficile de raconter l'histoire très particulière de l'antenne de Bretagne, du réseau en question. Peut-être, rappeler simplement son action globale. Il est impossible en effet de décrire les courses folles à pieds, à vélo, en auto, par le train. Les acrobaties sur les toits, par dessus les murs, dans les champs, les rivières et les bois pour éviter la S.D.

Chaque aviateur représente une source d'aventures qui pourrait remplir un livre. Combien ont disparu, morts on ne sait où ? Combien de blessés, de pourchassés, d'arrêtés, de déportés ?

Combien d'interrogatoires ? Combien de jours et de nuits en cellule ? Combien de temps passé dans des mitards ? Combien de coups reçus et d'heures passées dans la baignoire ?

Dès le mois de décembre 1942, un petit noyau composé de quelques personnes se crée à Carhaix. Le but est d'aider les aviateurs alliés à regagner l'Angleterre et de passer éventuellement en Angleterre avec eux. Ce noyau devient une antenne du réseau Pat O'leary le 2 février 1943. Réseau rattaché à l'Intelligence Service 9 Room 900 War Office. Les aviateurs récupérés étaient pris en charge par le réseau Pat, jusqu'à leur rapatriement en Angleterre suivant des voies diverses. Route Espagne, Consulat de Grande Bretagne à Barcelone. Gibraltar par mer, Angleterre par air ou par mer.

Du mois de janvier 1943 au mois de mars, l'antenne de Carhaix a des filières qui couvrent pratiquement toute la Bretagne.

Dés le 12 février, commence la destruction du réseau Pat O'Leary[*] par le contre-espionnage allemand. (Introduction d'une taupe dans le réseau : Roger le Neveu[*]).

L'antenne de Bretagne, ne paraît pas atteinte, elle peut établir un nouveau contact début avril avec la mission Oaktree (Val harbor) et le radio Paul Labrosse. Cette mission fonctionne malgré de graves difficultés. Aucun contact radio direct avec l'Angleterre, les liaisons passent par l'intermédiaire du réseau Mithridate, jusqu'à l'arrestation de son chef Val, le 4 Juin 1943 à Orthez.

Une femme, la comtesse de Mauduit de la filière de Bretagne, dans son château de Bourg-Blanc à Plourivo, cache, loge, nourrit pendant des jours et des nuits 34 aviateurs alliés, aidée seulement par son jardinier. Exploit unique en Europe occupée (avril, mai, juin 1943).

Sans qu'il y ait eu évidemment de relation de cause à effet, à Kerdeleau, on n'avait plus vu d'allemands depuis

---

* Voir notes à la fin du livre.

l'histoire des guêpes. Après tout, c'était assez normal, ils habitaient dans un coin perdu en pleine campagne. Pourtant, un jour de février, en fin d'après midi, un officier et cinq soldats allemands, débarquèrent, alors que personne n'avait rien vu venir sur la route. Julien était à quelques mètres quand l'officier, un homme sec et autoritaire expliqua à son père, en un allemand entremêlé de mots français, qu'il voulait réquisitionner la maison. Son père se lança dans des explications du même genre.

— Nixt électricité, nixt confort etc...
— Et cette ligne électrique qui arrive jusqu'à la maison ? dit l'allemand qui se mit à parler un français irréprochable.

Il demanda à visiter la maison, posa une foule de questions et voulu voir comment fonctionnait l'installation électrique. Ils finirent par s'en aller sans que l'officier dise ce qu'il décidait. Pendant plusieurs jours, ils ne surent plus sur quel pied danser, mais finalement, l'affaire n'eut pas de suite.

Malgré tout, son père s'était posé pas mal de questions en les voyant arriver, d'autant que son activité avait retrouvé un second souffle depuis le retour de Georges. Il allait de plus en plus régulièrement à Carhaix

Quelques jours après, décidément, leur situation était précaire, un huissier de Plouigneau vint prévenir son père qu'il viendrait le mardi suivant accompagné du propriétaire de Kerdeleau pour leur signifier leur expulsion de la maison. Le propriétaire en question qui habitait Carantec, était lui-même menacé d'expulsion par les allemands. On pouvait comprendre qu'il veuille reprendre sa maison, mais eux-mêmes n'avaient aucune solution.

L'huissier que son père connaissait bien lui conseilla de s'arranger pour que toute la famille s'absente le mardi en question et qu'ils trouvent porte close quand il viendrait avec le propriétaire, il s'organiserait par la suite pour faire échouer l'action d'expulsion.

Julien gardait en mémoire ce fameux pique-nique qu'ils avaient fait le jour en question à quelques kilomètres de la maison, par un temps magnifique, du côté de Poulpry.

Hervé, le père de Julien, était né à Carhaix en 1905. Après l'école communale, il avait passé une grande partie de sa jeunesse à Paris : Lycée Janson de Sailly puis Arts Déco.

Aussi doué en dessin qu'en musique, il ne se sentit toutefois pas une vocation assez forte pour s'investir complètement dans l'un ou l'autre de ces domaines, d'autant que les idées de sa famille étaient plus que dissuasives.

Revenu en Bretagne, il opta pour un métier plus stable, les assurances. Profession qu'il exerça pendant une dizaine d'années, jusqu'à la déclaration de guerre. Après, on connait l'histoire.

Grand, le teint clair, le visage allongé, le front haut, les yeux très bleus, il pouvait ressembler à un allemand, ce qui lui valut une drôle d'aventure à Morlaix un jour qu'il été allé y faire des courses. A deux reprises, dans la rue, il fut salué par un soldat allemand. Situation inconfortable. A son retour, Yvette attira son attention sur son habillement. Un pantalon et des bottes de cheval, une veste en tweed vert. On l'avait sans doute pris pour un officier allemand en civil.

Récit de Georges.

Un jour du mois de mai 1943 particulièrement triste où rien ne marche; impossible de monter un passage en bateau, les aviateurs se pressent de partout. Venant de Carhaix avec quatre aviateurs, j'arrive au château du Bourg-Blanc à Plourivo. La comtesse Betty de Mauduit s'affaire dans la cuisine. J'ai laissé sous le porche mes aviateurs. Tout de suite, j'ai senti que Betty toujours si accueillante, avait des ennuis. Fatiguée, épuisée, inquiète peut-être. Les aviateurs qu'elle loge, nourrit, sont toujours là, une trentaine.

Lorsque je me décide à lui avouer que j'ai avec moi quatre aviateurs de plus, elle me coupe la parole :
— Foutez le camp, je ne veux plus vous voir, surtout n'insistez pas et ne revenez plus !

Il doit être 21 heures, je n'ai pas mangé depuis la veille, il pleut à torrents. Mes aviateurs sont transis de froid sous le porche, blottis les uns contre les autres.

J'ai attendu quelque temps et dans la nuit, j'ai traversé le parc, ouvert la petite porte qui conduit à l'un des escaliers qui monte dans l'une des tours. A hauteur du premier étage, je me suis trouvé devant la porte de la chambre de Betty. J'ai frappé, elle est venue m'ouvrir et, à ma grande surprise, elle s'est mise à rire et m'a dit, j'entends encore sa voix.
— Puisque votre patriotisme va jusque là, allez chercher vos aviateurs qui doivent trembler de froid.

Au mois de mai, le docteur David, un ami carhaisien de leur père, vint passer quelques jours à Kerdeleau. Petit et gros, des yeux à demi fermés, il était très sympathique. Adrienne et Julien surprirent des bribes

de conversation qui leur firent penser qu'il était aussi dans la résistance et qu'il était venu pour se cacher. Sur une photo que Julien a gardée, on le voit sur la pelouse, devant la maison, en train de shooter dans un ballon.
Julien aura plus tard la confirmation qu'il s'était mis au vert sur les conseils de Georges pour échapper à la Gestapo.

Récit de Georges.

Carhaix le 22 mai 1943. Ma chambre est située au 2eme étage. La fenêtre mansardée donne sur la rue principale de la ville. Il est cinq heures du matin, ma petite sœur Marie-Françoise me secoue.
— *Pars vite, les allemands sont au premier étage, ils arrêtent Grand-père, s'ils te trouvent ici, ils vont t'emmener.*
D'un bond, je suis à la fenêtre, je vois deux allemands sur le trottoir. Heureusement, la fenêtre est en retrait par rapport au toit, la gouttière nantaise également. Elle est solide. Penché le long du toit, en pyjama, les pieds dans la gouttière, j'avance lentement en direction de la maison voisine mitoyenne. Avant de partir, j'ai vu ma petite sœur prendre ma place dans mon lit. La maison voisine a un balcon que je peux atteindre, mais il ne faut pas que les allemands m'aperçoivent. Je suis sur le balcon, je tape tout doucement à la porte fenêtre. Madame Léon, notre voisine, me fait entrer, elle me dit que les allemands sont déjà passés chez elle : ils recherchent le docteur David, qui depuis une dizaine de jours, sur mon conseil est parti se cacher. Elle me propose une tasse de café, mais je préfère un costume et une paire de chaussures. Je m'habille rapidement et je file par la

cour située à l'arrière de la maison.

Les allemands ont arrêté mon grand-père qui passera trois mois en prison et fêtera ses quatre-vingts ans dans une cellule de la maison d'arrêt de Quimper. Le maire de Carhaix, Ferdinand Lancien sera également emmené ainsi que le garagiste Théophile Bescon.

Récit de Georges.

Anniversaires et fêtes au Bourg-Blanc. Ils étaient 34 aviateurs, Américains, Anglais, Australiens, Canadiens, Néo-Zélandais etc... Tous hébergés au château du Bourg-Blanc à Plourivo chez la comtesse Betty de Mauduit. Nous souhaitons ce soir la fête de l'un d'eux et deux anniversaires. Il devait être 23 heures 30, une délicieuse soirée de la fin mai 1943. La nuit qui commençait était douce et calme.

Dans la grande salle du château, trois immenses tables mises bout à bout, recouvertes de nappes blanches avec un liseré rouge et bleu, les assiettes sont blanches avec une bordure bleu et rouge. Des bougies, certaines blanches, d'autres bleues, d'autres rouges et sur les murs, des drapeaux français, américains, anglais.

Betty, avec son goût exquis, avait harmonisé l'ensemble. Nous étions tous très propres et nous avions même réussi à rendre nos vêtements très présentables. Betty était ravissante dans une robe toute simple. Nous avons soupé jusqu'à trois heures du matin. J'étais un peu seul, mon anglais est très rudimentaire. Je ne comprenais que quelques bribes de la conversation très animée.

Et puis, j'ai été intrigué par un silence anormal.

L'un des aviateurs s'est levé, s'adressant en anglais à Betty et se tournant de temps en temps vers moi, son discours ponctué de gestes, était très souvent interrompu par les applaudissements des auditeurs. Seul à ne saisir que quelques mots, j'avais l'air idiot. Heureusement, Betty est venue à mon secours, traduisant en français les paroles de l'aviateur. Ils ont tous voulu faire des discours et il a fallu réduire le temps de parole.

Il s'agissait de réflexions pendant la descente en parachute. Ils ont tous brodé sur ce thème, que je résume très mal: « Retenu par les sangles du parachute, balancé à droite et à gauche, avec comme perspective, les allemands qui vous attendent, les camps de prisonniers et le sol qui se rapproche trop vite. Mais en bas, sur le sol de France, il y a Georges qui nous attend pour nous conduire chez Betty ». C'est la seule fois de ma vie que j'ai entendu autant de louanges à mon égard.

Cela se passait au Bourg-Blanc à la fin du mois de mai 1943. Le 12 juin, les allemands envahissaient le château. Ils n'ont pas trouvé d'aviateurs, mais ils ont arrêté Betty de Mauduit qui est revenue du camp de Ravensbruck, le 2 juin 1945.

Les jours qui suivent sont un peu compliqués car je me sais recherché et je dois redoubler d'attention sans pour autant abandonner mon activité, les aviateurs à secourir sont de plus en plus nombreux.

2 juin 1943. Il est 6h30, j'arrive par le train à la gare Montparnasse, accompagné par sept aviateurs. Heureusement, il y a parmi eux un anglais qui a vécu en

France et qui parle admirablement notre langue sans une pointe d'accent. Une fois arrivés chez Lévêque, ma mission sera terminée. Par mesure de précaution, je laisse mes aviateurs sous la responsabilité d'un des leurs.

Je ne sonne pas comme convenu, je frappe à la porte, elle s'ouvre. Ce n'est pas Lévêque mais un allemand qui essaie de m'agripper. Bousculade. Je peux pousser la porte, la refermer en partie, j'abandonne une écharpe. J'entends les appels de l'allemand, je me précipite dans le couloir que je dévale. Un coup de feu, je suis déjà dans l'avenue d'Orléans, je zigzague, deuxième coup de feu. Heureusement, je suis bon au cent mètres. C'était ma quatrième liaison chez Lévêque.

Avec le recul du temps, je suis arrivé à cette conclusion : les allemands ont établi une souricière durant toute la nuit. 6h30, 7h devait être l'heure de la relève. C'est peut-être parce que je n'ai pas sonné, la relève ne devait peut-être pas sonner ? Je retrouve mes sept aviateurs au café où je les ai laissés. Nous rentrons en Bretagne.

A la suite de cette sérieuse alerte, Georges trouva refuge dans la maison d'en face. Tante Claudie avait mis à sa disposition une chambre au second étage. Non contents d'avoir réquisitionné le château, les allemands avaient aussi investi la pièce principale du rez-de-chaussée, qu'ils appelaient : « Casino » et où ils venaient s'amuser chaque après-midi.

A leur insu, Georges cohabitait momentanément avec eux. C'est ce qu'il appelait : « Vivre avec l'ennemi, vivre sur l'ennemi ».

Récit de Georges

12 juin 1943. Minuit ! On frappe violemment à la porte d'entrée.
Inquiet, je suis en pyjama sur le palier. L'escalier est large, profond et sombre. Dès que les allemands entrent dans le hall, j'entends,
— Non madame, pas casino, perquisition !!!

Du palier, je passe dans une chambre qui donne sur l'arrière de la maison. La fenêtre ouverte, je passe sur le toit de la clinique qui jouxte la maison à cet endroit. De ce poste d'observation, je vois les torches des allemands dans le jardin et sur le court de tennis. La maison où je me trouve est située dans la rue principale de Carhaix, entourée de maisons mitoyennes, en face du Château Rouge devenu kommandantur. Devant la façade, les allemands ont établi un barrage, la maison est occupée par un commando SS, l'arrière également gardé.

La clinique a un mur mitoyen, le voisin fabrique des meubles. La hauteur du mur, je la connais, cinq ou six mètres. En me retenant par les mains, pendu le long du mur, je sens des planches sous mes pieds. Il ne faut pas que je fasse de bruit et je risque de m'empaler sur ces madriers. Impossible de reculer, j'entends mes poursuivants. Je glisse le long des planches, sans bruit et je me trouve dans la cour de la maison voisine, pieds nus, en pyjama.

Dans cette cour, je découvre plusieurs tas de bois, planches mises à sécher, disposées de façon à ce qu'elles ne se déforment pas. La nuit est très noire. Je grimpe en haut d'un tas de bois, arrivé au sommet, je redescends par l'intérieur persuadé que j'ai trouvé la cachette idéale. Tout au fond, je reste ainsi prostré pendant dix à quinze minutes.

J'entends toujours les allemands de l'autre côté du

mur, je me ressaisis, j'escalade les planches pour redescendre dans la cour, un mur, un jardin, un petit verger que je connais bien, une rue que je traverse sans être vu, un carrefour, une autre rue, je suis déjà loin.

Je connais un moulin qui se trouve à un kilomètre. Là, j'ai trouvé vêtements et chaussures et appris en plus le nom de celui qui nous a trahi. Il faut que je me hâte. Je réveille un ami architecte pour lui demander sa bicyclette car je dois me rendre le plus rapidement possible chez le docteur Gauthier à Poullaouën. Dix kilomètres, je frappe à sa porte, il a un ausweis, une voiture, de l'essence. Je lui donne rapidement le nom des personnes que Roger le Neveu (le traître) peut connaître. Il y a un grand risque, il peut trouver la Gestapo sur place, arrivée avant lui.

Le docteur Gauthier a pu prévenir plusieurs personnes. Quant à moi, je dois me rendre à Paris pour rendre compte de notre situation et établir un plan de sauvetage. Nous sommes le 12 juin 1943.

La comtesse de Mauduit est prévenue par François Lemaigre, photographe à Carhaix. Elle refuse de partir. Ayant la nationalité américaine, elle espère que les Allemands n'oseront pas l'arrêter.

Kerdeleau le 13 juin 1943. Le docteur Gauthier est arrivé très tôt le matin. Julien se souvenait bien de son visage en lame de couteau et de ces deux dents en métal. Il est venu prévenir que Georges avait failli être arrêté, puis il est reparti presque aussitôt avertir d'autres membres du réseau.

Connaissant les habitudes des allemands, et sachant que les arrestations avaient en général lieu la nuit, le père de Julien décida de ne plus passer la nuit à la maison. Il faisait entièrement confiance à Georges et savait que même sous la torture, il ne donnerait aucun nom. Toutefois, il fallait rester prudent, d'autres avaient pu parler.

Il se réfugia la nuit dans les fermes voisines sans vraiment prendre conscience des risques qu'il faisait courir à ses hôtes.

La mère de Julien, pensant naïvement qu'une femme ne risquait rien, avait préparé une valise contenant quelques affaires pour le cas où elle serait emmenée à sa place.

Pendant plus d'un mois, Hervé ne fit plus que de brèves apparitions à la maison, moments pendant lesquels Adrienne et lui faisaient le guet en surveillant les alentours. Il avait montré à Julien l'endroit où il se cacherait s'il avait le temps de s'enfuir, un creux au sommet d'un talus à environ deux cent mètres de la maison, en bordure du chemin qui mène à Poulpry et dans lequel, en se tenant allongé, le talus étant planté de noisetiers très serrés, on ne pouvait pas être vu.

La mission de Julien consistait à le prévenir après le départ des allemands. Chaque soir, il allait dormir dans une ferme différente et Adrienne et lui, c'était chacun son tour, l'accompagnaient. Pour eux, en plus d'une découverte, c'était un jeu plein d'attentes et de surprises auquel ils jouaient depuis leur arrivée à Kerdeleau mais qui prenait plus d'importance au fil du temps.

Ils dormaient dans un lit clos, sous une couette de balles d'avoine, dans une maison dont les meubles alignés brillaient de cire frottée chaque jour. A travers les portes ajourées du lit, on voyait, dans la cheminée, les braises sur le point de s'éteindre, jeter leurs derniers éclats. On sentait des odeurs de bois brûlé et de terre battue humide. La nuit était rythmée par les sons d'une horloge qui égrenait les heures. Le matin, ils avaient droit, le plus souvent, à un bol de chicorée accompagné de crêpes.

Au retour, à quelques centaines de mètres de la maison, quand c'était à son tour de se cacher avec son père, Julien passait le premier pour s'assurer que la voie était libre.

Après un peu plus d'un mois, les allemands ne s'étant pas montrés, leur père décida de ne plus se cacher.

Dans un pays apparemment sans moyens de communication, tout se savait quand même assez rapidement. Georges fut arrêté à Paris le 18 juin et plusieurs membres du réseau en même temps que lui. Heureusement pour eux, Kerdeleau était une base arrière que peu de gens connaissaient.

Les parents de Julien échappèrent à ces conséquences, sans doute par chance mais aussi grâce à la grande prudence de son père qui n'avait partagé le secret de ses occupations qu'en famille. En dehors d'un cercle très fermé, il avait l'art de donner le change. Après la guerre, il dit avoir fait ce qu'il avait estimé devoir faire et n'en parla plus jamais.

Récit de Georges.
L'arrestation.

A Paris, je retrouve Labrosse chez Campinci. Je vais m'occuper du Sud Ouest, Bordeaux plaque centrale. Si je désire partir en Angleterre, j'aurai priorité. Au 72, rue Vanneau, Elisabeth Barbier doit m'indiquer quelques contacts. Rendez-vous est pris pour le lendemain. Je dois m'y rendre avec Labrosse.

En arrivant rue Vanneau, le long de la rue, plusieurs voitures S.D. Je fais signe à Labrosse de continuer. Dans cette rue, nous connaissons le coiffeur d'Elisabeth. Je vais le voir avec Labrosse, il nous dit qu'il y a souvent des véhicules S.D. en stationnement. Je téléphone chez Elisabeth et là, une voix d'homme me répond pour me dire qu'Elisabeth est occupée, qu'elle nous attend.

Depuis ma dernière alerte, une obsession, l'impression d'être constamment suivi. Je dis à Labrosse, Canadien, radio de la mission Oaktree, que si je ne reviens pas le chercher, qu'il prévienne nos amis, qu'il y a une souricière au 72 rue Vanneau.

J'ai plusieurs paquets de cigarettes sur moi. Au premier étage, je propose des cigarettes, idem au 2eme, 3eme, 4eme, 5eme. Au 6eme, c'est un allemand qui ouvre, je lui propose des cigarettes. Mais là, je vois cinq ou six agents qui sont pris. J'ai une carte d'identité au nom de Pierre le Dréan. Mon histoire de cigarettes à l'air de marcher, mais je suis quand même interné à la prison de Fresnes.

Pas d'interrogatoire au début. Au bout de quelques jours, la Gestapo vient me chercher.

Ma sœur de Gourin, Luce Cougard, qui héberge des aviateurs, s'était chargée, comme je devais me rendre à Paris avec plusieurs aviateurs, d'adresser à Elisabeth Barbier 72 rue Vanneau à Paris, un télégramme indiquant mon heure d'arrivée à Montparnasse avec six colis. Ma sœur signe le télégramme de mon prénom, Georges. La postière lui dit que maintenant, les télégrammes doivent comporter un nom de famille, croyant bien faire, elle ajoute Le Dréan. Elisabeth Barbier, professionnelle, a conservé le télégramme. La gestapo qui recherchait un Geo, Georges, a supprimé Le Dréan et j'ai ainsi été identifié et transféré de Fresnes à Rennes où était déjà internée ma mère.

J'ai été transféré menottes aux mains, dans le dos, les pieds entravés. Les interrogatoires ont commencé.

Je savais en arrivant à la prison Jacques Cartier de Rennes, que Roger Le Neveu était une taupe de la S.D. allemande. Ce que Roger savait, je pouvais le dire avec réticence, mes camarades étaient, soit déjà arrêtés, soit en fuite. J'ai pu me sortir à peu prés du pétrin, persuadé que je serais fusillé. Prisonnier de guerre, évadé, essayant de rejoindre l'Angleterre, exploité par le réseau évasion qui me promettait un départ qui ne se réalisait jamais. J'ai essayé avec plus ou moins de succès de défendre cette thèse.

Mais, j'ai connu des interrogatoires musclés (jusqu'à la syncope), les coups, la baignoire jusqu'à la noyade, et le mitard.

Pourquoi je n'ai pas été fusillé ? Peut-être par-ce-que je figurais sur les contrôles internationaux de la Croix Rouge Suisse.

Malgré tout, depuis l'entrée des Américains dans la guerre, le reflux de l'armée allemande en Russie, le débarquement semblait possible et beaucoup de gens commençaient à y croire. Julien voulut en avoir la confirmation en posant la question à son père. Il était en train de se raser, pourquoi choisit-il ce moment là ? Il n'en savait rien.
— Est-ce que tu crois qu'on va gagner la guerre ?
Son père s'était retourné et l'avait regardé droit dans les yeux.
— Tu peux avoir confiance, mon petit Julien, il faudra encore un peu de temps, mais on va gagner !!!
A partir de ce jour, il n'eut plus le moindre doute sur l'issue des événements. Heureusement, car la vie devint très difficile.

Marie leur annonça ses fiançailles. Julien fut très étonné en apprenant cette nouvelle car il n'avait jamais réfléchi à l'âge qu'elle pouvait avoir. Sa mère à qui il posa la question, lui répondit qu'elle avait vingt huit ans. Le visage de Marie correspondait tellement aux légendes qu'elle leur racontait, qu'elle incarnait à ses yeux toutes les créatures qu'elle faisait surgir d'un monde magique qui n'avait pas d'âge.

A partir de quand devrait-on compter l'âge des êtres ? Malgré ses vingt-huit ans Marie semblait être la mémoire de la terre et donnait l'impression qu'elle était là depuis toujours.

Les fiançailles eurent lieu à Kerdeleau. Les deux familles arrivèrent le matin en costumes bretons, dans des chars à bancs tirés par de gros chevaux de trait. Sur la photo prise devant la maison, on peut compter vingt sept personnes, le père de Julien n'y est pas, c'est lui qui prend la photo.

Il y a des gens que Julien ne connait pas. Sa mère se tient dans l'embrasure de la porte avec Pierre son grand frère. Julien est au premier rang avec Adrienne et leur petite sœur Lucie. Juste à côté, la mère et le père de Marie sont assis sur la première marche du perron. Plus loin, un garçon qui doit avoir l'âge de Lucie est assis à côté d'un accordéoniste. Debout, à droite, monsieur André, l'instituteur, se penche vers sa fiancée et encore plus à droite, il y a deux jeunes gens inconnus.

Marie et son fiancé sont debout au centre, sur la troisième marche. Tout semble arrêté, un instant suspendu au déclic de l'appareil photo. Sur une autre photo, tous les participants en cercle se donnent la main pour faire une ronde à côté du seringa.

Neuf heures du soir, ils étaient dans la cuisine finissant de dîner.

Soudain, les SS entrèrent en faisant un vacarme épouvantable et en hurlant des mots incompréhensibles.

En un instant, sous la menace de leurs armes, poussés, bousculés, ils se retrouvèrent alignés contre un mur, et tandis que deux d'entre eux restaient dans la pièce pour les garder, sous la menace de leurs armes, les autres, ils étaient huit, emmenèrent leur père pour perquisitionner la maison.

— Je suis fait comme un rat, pensa-t-il.

Les allemands fouillèrent toutes les pièces, jetèrent au sol le contenu des armoires, vidèrent les tiroirs, sondèrent les murs. La perquisition dura une bonne demi-heure. Les deux SS qui les menaçaient de leur pistolet-mitrailleur, restèrent impassibles tout le temps que dura la fouille. Ils avaient l'air très jeune, dix-sept, dix-huit ans, grands, minces, les yeux bleus, ils ressemblaient aux automates que Julien avait vu défiler à Carhaix.

Face à eux, ils n'osaient pas bouger, retenant leur respiration et reportant leur poids d'un pied sur l'autre sans bouger, le temps semblait arrêté. Ils entendaient des bruits sourds dans la maison, au fur et à mesure que la perquisition progressait. Enfin, ils revinrent, leur père devant, poussé par les SS qui faisaient toujours autant de bruit. Puis, ils quittèrent la maison en claquant la porte, sans l'emmener.

Pendant un moment, ils restèrent là, sans bouger, ne réalisant pas très bien ce qui venait de se passer.

— Ils cherchaient des armes, dit leur père.

Ils ne parlèrent plus jamais de ce moment, peut-être par superstition, pour ne pas attirer l'attention d'un destin qui, ce soir là, pensaient-ils, avait fait preuve de beaucoup de mansuétude à leur égard.

Comme tous les habitants évacués de la zone côtière, leurs grands-parents Marty avaient dû quitter la maison de Carantec où ils s'étaient réfugiés. Ils étaient venus ainsi que Pierre le grand frère de Julien, vivre à Kerdeleau, amenant avec eux leur vache, une normande qui tenait maintenant compagnie à la pie-noire.

C'était des gens solides dont le moral ne semblait pas affecté par tous les problèmes auxquels ils étaient confrontés, en tout cas ils ne montraient rien de leurs soucis même s'ils en avaient.

A peine arrivé, le grand-père de Julien qui avait fait la guerre de 14-18 dans le génie et passé plusieurs nuits dans sa cave de Brest, attendant que les bombardements cessent, s'était mis en tête de leur faire construire un abri anti-aérien. Il avait vu grand. D'après les plans, l'abri devrait mesurer dix mètres de long, un mètre cinquante de large et deux de profondeur.

Ils creusèrent la tranchée entre le pignon ouest de la maison et un grand chêne, à côté de la cuisine. Toute la famille se mit à l'ouvrage. Pendant ce temps, il préparait des madriers pour faire le toit dans la solidité duquel résidait toute l'efficacité de l'abri.

Quand il ne préparait pas les madriers, il surveillait les travaux de terrassement ou bien, prenait un jeu de cartes, s'asseyait à une table dans la maison et faisait des réussites pour savoir si ses immeubles de Brest résisteraient aux bombardements. Malgré de bons résultats, il restait pessimiste.

Le terrassement terminé, un escalier aménagé pour descendre, les madriers posés sur la tranchée, toute la terre qui avait été enlevée fut remise par-dessus. A l'intérieur, la tranchée était creusée de manière à laisser une banquette de terre de chaque côté, sur lesquelles, leur grand-père avait disposé des planches pour s'asseoir. Il avait aussi prévu un stock de nourriture et d'eau, qu'il renouvelait régulièrement. Ils pouvaient soutenir un siège, même s'il n'y avait aucune chance pour qu'ils soient confrontés à une telle situation, ni pour qu'une bombe même perdue tombe sur Kerdeleau, mais cela occupait leur grand-père qui, l'œuvre achevée, simula des alertes pour voir en combien de temps, toute la famille pouvait se mettre à couvert.

Sa femme, leur grand-mère, accepta une première fois de participer à la manœuvre mais dit ensuite qu'elle ne voulait plus en entendre parler. Comme Raoul insistait, elle lui dit qu'il n'était qu'un vieux fou !

Ils étaient désormais plus nombreux à table, malgré le départ de monsieur André qui, effrayé par le passage des SS en son absence était parti se cacher ailleurs. La guerre semblait s'être rapprochée, on parlait chaque jour d'arrestations, les avions dans le ciel étaient plus nombreux. Le père de Julien dit que les alliés ne tarderaient pas à débarquer.

Paradoxalement, il devait répondre plusieurs fois par semaine à un ordre de réquisition de la kommandantur de Plougonven, et aller avec d'autres hommes réquisitionnés comme lui, réparer les sabotages des maquisards !!! Lignes téléphoniques coupées, arbres abattus en travers des routes.

Yvette la mère de Julien restait toujours impassible. Dans les moments les plus difficiles, elle ne montra jamais, pas plus que son père, le moindre signe d'affolement ou d'anxiété. Elle devait pourtant faire face à beaucoup de problèmes surtout matériels. Assurer l'approvisionnement pour toute une famille, faire à manger à une tablée de plus en plus importante. Subvenir à l'habillement. Pendant cinq ans, aucun vêtement ne fut acheté. La famille vécut sur la garde robe d'avant la guerre, Yvette coupant et retaillant robes et vestes pour en refaire d'autres qu'il faudrait encore retransformer. Détricotant des pulls usés pour les retricoter.

Il était onze heures du matin, quand Adrienne repéra sur le chemin en face de la maison, quelqu'un qui arrivait à bicyclette. Elle l'avait aperçu tout au bout du chemin qui longe l'étang. Il s'agissait d'un homme qui mit pied à terre devant la barrière et se dirigea vers la maison. L'allure résolue, il demanda à voir leur père qui le retint à déjeuner.

Très jeune, pas beaucoup plus de vingt ans, il avait l'air épuisé. Adrienne et Julien ne le quittaient pas des yeux. Il semblait traqué et ne dit pas grand-chose au cours du repas. Après son départ, leur père dit son nom : Pierre Binet.* Originaire de Nantes, de la famille des Petits Beurres « LU », il était agent de liaison du colonel Rémy. Il ajouta :
— Il parcourt la France à bicyclette, la Gestapo est à ses trousses, il cherche un terrain pour un parachutage, un autre agent passera !

Plusieurs mois plus tard, son père dit à Julien :
— Tu te souviens de Pierre Binet ? Il n'a pas eu de chance je viens d'apprendre qu'il a été fusillé. Pris dans une rafle du côté d'Auxerre, les allemands qui le recherchaient depuis longtemps l'ont fusillé sans savoir qui il était.

Julien lui demanda comment il l'avait su, mais il se contenta de sourire. Décidément tout était contre Pierre Binet : le hasard en plus de la Gestapo.

Pour les autres, la vie continuait. La campagne fonctionnait toujours selon des lois bien établies. Bientôt le temps des foins, puis celui du blé, les paysans seraient dans les champs avec leurs faux, avec leurs fourches. La batteuse referait son apparition. Ensuite, ils iraient encore cueillir les noisettes, ramasser des châtaignes, et puis viendrait le temps des champignons. Les pluies d'automne tomberaient, douces ou violentes, sans cesse alimentées par les nuages accourus de l'océan, le vent s'en mêlerait, la tempête s'installerait, casserait des branches, tout se plierait sur son passage, même les grands châtaigniers qui pourtant avaient l'air si solides. Le froid, à son tour, ferait son entrée, plus rien ne bougerait, on n'entendrait plus que le bruit des sabots de bois et des galoches sur le sol durci. A moins que...

Un changement dans le ciel : les vols de choucas qui se dirigeaient à la fin du jour vers les grands bois du côté de Guerlesquin, dans un bruit qui ressemblait au silence, avaient été remplacés par des centaines de forteresses volantes qui allaient dans l'autre sens bombarder Brest.

La nuit, des hommes armés venaient frapper à la porte. Leur mère leur donnait à manger, une omelette et des pommes de terre, leur père trinquait avec eux à la victoire prochaine.

Le mariage de Marie fut célébré à la campagne, du côté de Plouyé. Pour l'occasion, le père de Julien emprunta à un voisin, monsieur Le Guern, de Poulpry, une carriole et une solide jument qui les emmena à la noce. Soixante kilomètres aller-retour à travers le pays de landes et de tourbières que Julien avait parcouru à bicyclette avec son père, deux ans plus tôt.

Le bruit de la carriole variait selon la nature du sol, caillouteux par endroits, enrobé de macadam à d'autres, et avec le trot du cheval, lent ou rapide, toujours en fonction de la route. Son père connaissait bien les chevaux ; né avec le siècle, il avait vécu ces années qui marquèrent le passage de la voiture à cheval à l'automobile. Il faisait claquer les rênes sur le dos de la jument. Le poitrail en avant, elle chassait bruyamment l'air à travers les naseaux. Quand parfois elle trottait plus vite, sa crinière, qui avait la couleur des cheveux de Marie, se soulevait légèrement dans le vent.

Julien était assis à l'avant, à côté de son père. A l'arrière, sur des bancs recouverts de coussins très durs en moleskine garnie de crins, se tenaient sa mère, Adrienne et Lucie. La capote était restée baissée car il faisait beau malgré de gros nuages qui accouraient et dépassaient parfois l'attelage, annonçant un changement de temps.

Ils arrivèrent à l'heure du repas qui avait lieu dehors. Les convives étaient assis par terre, les jambes dans une tranchée, le couvert posé devant eux, sur l'herbe. Presque tous portaient l'habit breton. L'accordéoniste qui était venu à Kerdeleau pour les fiançailles, était là, avec deux joueurs de biniou et un sonneur de bombarde. Le repas terminé, tout le monde dansa sous un hangar.

Le chemin du retour parut plus long, le temps s'était assombri. De grosses gouttes de pluie tombaient sur la capote que son père avait tirée. Les sièges de la carriole paraissaient plus durs qu'à l'aller, c'était sans doute l'effet de la fatigue. La pluie semblait convenir à la jument qui allait bon train et qui avait changé son odeur de paille du matin pour un parfum chaud de poil mouillé.

Marie était partie en laissant derrière elle les créatures qui l'accompagnaient à son arrivée : la sorcière de fontaine, les lavandières de la nuit, l'Ankou et toutes les autres. Tout le monde ressentait un grand vide. Malgré son apparent dénuement, Marie leur laissait un héritage qu'ils avaient l'impression de redécouvrir.

La guerre se rapprochait chaque jour, elle était

plus évidente que jamais. Les allemands étaient en train de perdre.

Le soir, Julien allait toujours aux nouvelles chez leurs voisins du Moguérou. Il continuait en permanence à vivre dans ses mondes parallèles, passant de l'un à l'autre en fonction du moment et des circonstances. A l'approche de la nuit, il devait toujours affronter les dangers des rencontres surnaturelles quand il longeait l'étang ou quand il traversait le petit bois que même l'imminence du débarquement ne lui faisait pas oublier. Au retour, dés qu'il était sur la ligne droite qui menait à la maison, il pressait le pas, sans se retourner pour ne pas voir la horde qui le suivait. Arrivé à la hauteur du moulin, il piquait un sprint et complètement essoufflé ouvrait la porte de la maison, qu'il claquait derrière lui pour le cas où une créature infernale aurait réussi à le suivre.

Plus tard, après le dîner, une fois dans sa chambre, il retrouvait un monde plus serein, ses héros familiers : le petit soldat, la bergère et le moulin à vent.

6 juin 1944. Depuis plusieurs mois, le débarquement, même si l'on ne savait pas très bien en quoi ça pouvait consister, était au cœur de toutes les conversations.

Son père semblait savoir quelque chose, bien que Julien douta plus tard qu'il ait pu être informé du message : « les sanglots longs des violons de l'automne, bercent mon cœur d'une langueur monotone ».

La nouvelle arriva brusquement : ils ont débarqué en Normandie !!! Plus rien les jours suivants. Quelques rares informations par Radio Londres leur parvinrent par l'intermédiaire de leurs voisins. Chaque jour, Julien et Adrienne allaient aux nouvelles.

Le père de Julien avait fixé sur un mur de la pièce où étaient rangées les batteries d'accumulation, une carte de France, sur laquelle il épinglait des petits drapeaux au fur et à mesure que leur parvenaient des informations sur la progression des alliés : Ouistreham, Sainte Mère l'Eglise, Bayeux, Carentan, Valognes...

La bataille était rude et au bout de huit jours, les alliés n'avaient progressé que de trente kilomètres. Les journées de carnage auxquelles personne ne voulait penser, et qui accompagnaient le débarquement, étaient pour eux du pur bonheur.

Tout autour, une autre guerre avait commencé. Les résistants, enhardis par l'annonce du débarquement, harcelaient les allemands qui, en représailles pendaient et fusillaient des civils.

Le 8 Juin, à la ferme de Lamprat, à côté de Carhaix un groupe de jeunes résistants, ils étaient huit, fut pris au piège. L'un d'entre eux, qui tentait de s'enfuir fut abattu sur place, un autre réussit à se cacher dans un conduit de cheminée, les autres furent emmenés et pendus, dont trois dans la rue principale de la ville, à des crochets de boucher. Quelques-uns à l'aide de cordes de piano.

La « chasse aux terroristes » était ouverte, organisée par la Gestapo et la Milice. Une atmosphère de fièvre et d'anxiété pesait sur Kerdeleau. Les passages de résistants, la nuit, étaient de plus en plus fréquents. A chaque fois, les grands-parents de Julien qui ne semblaient toujours pas au courant des activités de son père, se faisaient un sang d'encre.

Le bruit des avions et celui des tirs de D.C.A. étaient incessants : bruit sourd et régulier des forteresses volantes qui allaient bombarder Brest, bruit plus hésitant des avions de reconnaissance ou de parachutage, en quête de signaux.

L'été s'avançait, les petits drapeaux sur la carte,

eux, ne bougeaient pas beaucoup. La ville de Cherbourg fut prise le 27 juin, Caen le 10 juillet, Saint-Lô, le 18. Après Saint-Lô, les américains déclenchèrent une opération de grande envergure. En quelques heures, les bombardiers lâchèrent cinq milles tonnes de bombes au phosphore, pulvérisant les meilleurs troupes ennemies. Ils prirent Avranches le 30 juillet, c'était un verrou qui sautait.

A la tête de sept divisions, le général Patton se lança à la conquête de la Bretagne. Cinq jours plus tard, les américains furent signalés à Lannéanou, à quatre kilomètres de Kerdeleau. Ils coururent tous à leur rencontre à travers champs.

Ils pensaient voir une armée, ils étaient seulement quatre dans une jeep au milieu du village. Quelques habitants du bourg et des alentours étaient rassemblés autour d'eux, silencieux. Le moment était complètement surréaliste. Les américains en treillis portaient un casque recouvert par un filet de camouflage, il faisait très chaud, le visage plein de poussière collée par la sueur, ils semblaient épuisés. Une radio grésillait dans la jeep, la faisant ressembler à une sorte de gros bourdon. Une voix, par intermittences se mêlait aux grésillements et l'un des américains répondait quelques mots que personne ne comprenait.

Ils restèrent là, à regarder et à attendre sans très bien savoir quoi ! Des drapeaux firent leur apparition aux fenêtres. Au bout d'une demi-heure, l'un des américains, qui parlait un peu le français, leur dit :
— Il ne faut pas rester, les allemands reviennent !

La jeep fit demi-tour et repartit en direction de Carhaix. Les drapeaux disparurent des fenêtres, le village reprit son aspect triste, il n'y avait plus rien à voir. Ils rentrèrent à la maison comme ils étaient venus, à travers champs.

Le scénario se reproduisit plusieurs fois au moment de la libération du pays. Les allemands se repliaient devant l'avance des américains qui souvent n'étaient là qu'en éclaireurs et repartaient, puis ils revenaient et fusillaient des civils qui avaient pavoisé trop tôt.

Le lendemain, ils n'eurent pas le droit de quitter la maison, c'était trop dangereux. La guerre était tout autour d'eux. C'était la débâcle, mais cette fois, celle des allemands qui se repliaient en désordre, réquisitionnant des charrettes, des chevaux et des hommes. Parfois, ils s'arrêtaient, fusillaient des otages sur le bord de la route et reprenaient leur randonnée mortelle.

Le 8 août, les américains furent signalés à Plouigneau. Le 9, ils croisèrent une colonne de Russes Blancs qui venait de Lanmeur et se repliait vers Lorient. L'accrochage fut rude. Des chars revinrent de Morlaix et l'aviation fut appelée en renfort. Huit chasseurs Mustang débarquèrent d'Avranches et mitraillèrent la colonne ennemie. Les avions venaient tourner au-dessus de Kerdeleau dans un vacarme assourdissant, exécutant une sorte de balai. Toute la famille était dehors pour assister à ce spectacle inespéré. Yves et Pierre étaient même montés sur le toit de la maison. Le grand-père de Julien n'arrêtait pas de crier :
— Descendez, venez tous dans l'abri !!!

Peine perdue, ils restaient dehors faire des signes aux pilotes qui faisaient du rase mottes et qu'ils apercevaient dans leur cockpit. Un avion fut touché, une grande colonne de fumée s'en échappa et il alla s'écraser en direction de Guerlesquin. Le pilote eut le temps de sauter en parachute. Le mitraillage dura une vingtaine de minutes. Après un dernier passage au-dessus de la maison, les Mustangs repartirent vers la Normandie.

Le lendemain, leurs parents ne parvinrent pas à les garder à la maison et finalement décidèrent de les accompagner sur le champ de bataille. C'était une belle journée d'été. La poussière des chemins se soulevait sous leurs pieds. Une odeur de mort les surprit quand ils arrivèrent prés du pont de chemin de fer, un peu avant Plouigneau, où plusieurs cadavres de chevaux étaient rassemblés.

A la sortie du bourg, vers Morlaix, deux tanks et une jeep calcinés, attestaient de la violence des combats de la veille. Des camions par vagues successives passaient à grande vitesse sur la route nationale, les soldats américains leurs lançaient des chewing-gum, des chocolats, des cigarettes.

On entendait le crissement des chenilles sur le macadam, avant de voir apparaître les chars tout au bout de la ligne droite, de l'autre côté du bourg, ils passaient devant eux en direction de Brest dont ils allaient faire le siège. Ce lendemain de bataille était pour eux un jour de fête.

Yves récupéra un pistolet-mitrailleur et trois poignards allemands, qu'il ramena à la maison. Les jours suivants, ils retournèrent voir passer les américains à Plouigneau. Les soldats leurs faisaient de grands signes, ils avaient l'air joyeux et roulaient vers Brest où des milliers d'entre eux se feraient tuer. Eux, ils étaient spectateurs, ils allaient voir passer la guerre.

Carhaix avait été libérée deux jours plus tôt, malgré un important contingent allemand décidé à se battre et qui avait fait de la ville un véritable camp retranché commandé par le général Ramke. Le maire, appelé à la kommandantur, reçut l'ordre de faire évacuer la population. Trois mille personnes quittèrent la ville par le sud. Une mitrailleuse se mit à tirer, il y eut des blessés.

Un officier allemand intervint et fit cesser le tir.

Plusieurs années plus tard, on apprit que l'ordre avait été donné d'exterminer la population. L'officier allemand, en choisissant de désobéir fit changer le cours des choses.

Les américains, en nombre insuffisant pour attaquer de front, commencèrent une manœuvre d'encerclement, laissant aux allemands la possibilité de sortir de la ville et de se replier sur Brest. Le lendemain 7 août, il ne restait plus un allemand dans la ville.

Le 9 août, le siège de Brest commença. Les tirs de D.C.A. cessèrent. Les forteresses volantes continuaient à déverser des pluies de bombes sur la ville. Le grand-père de Julien avait renoncé à les faire descendre dans l'abri. Il faisait toujours des réussites, c'était une habitude et apparemment il n'y croyait plus.

La campagne de Normandie, s'acheva le 20 août par un désastre pour l'armée allemande qui se fit prendre en tenaille par les alliés. En trois jours, elle perdit soixante mille hommes.

Sur la carte, les petits drapeaux s'alignaient en créant désormais une ligne face à l'est. Brest était toujours assiégée par les Américains.

Dans la zone libérée, les choses évoluaient rapidement. Depuis l'arrivée des américains, le nombre de résistants avait beaucoup augmenté. Des groupes armés incontrôlés, des francs tireurs, se déplaçaient dans la campagne où il n'y avait plus un allemand, jouant les libérateurs du pays.

L'un de ces groupes se présenta un après midi sur le chemin de l'étang à Kerdeleau. Leur père alla à sa rencontre pour parler, c'était sa façon de faire, pour calmer

les esprits, disait-il. Pourtant, alors qu'il parlementait avec eux depuis un moment, l'un d'entre eux, tira un coup de fusil sur un paysan qui se trouvait dans le champ à côté de la route, heureusement sans l'atteindre.
— Qu'est ce qui te prend ? lui dit le père de Julien.
— Il n'a rien à faire là !
Le paysan disparut au bout du champ, derrière un talus. Le groupe de nouveaux résistants s'en alla.

Le bruit des avions était incessant, il en passait jusqu'à deux mille par jour. Ils continuaient à déverser des tonnes de bombes sur Brest.
Le 15 septembre, les américains lancèrent une grande offensive pour prendre la ville, mais le général Ramke (le même que celui qui commandait à Carhaix) refusait toujours de se rendre. Ils employèrent alors des chars lance-flammes. Le 16, Recouvrance fut libérée, le 18, les allemands se rendirent
La guerre semblait finie en Bretagne, même si trente mille allemands étaient encerclés à Lorient et autant à Saint-Nazaire. Elle continuait vers l'est où elle allait encore faire des centaines de milliers de morts.

Leur père avait dit que lorsque Brest serait libéré, ils iraient habiter à Carhaix.
Leurs grands-parents Marty étaient déjà partis pour Morlaix où ils avaient loué une maison au milieu d'un grand jardin. Plus question pour eux d'aller à Brest, la ville était rasée.
On vendit Bichette, la vache pie noire à des voisins chez qui on pensait qu'elle serait bien. Elle les avait nourris pendant toute la guerre, malheureusement, ils ne pouvaient pas l'emmener à Carhaix.

Le bruit avait cessé. L'atmosphère était étrange, la

campagne était redevenue calme. C'était la fin de l'été. Le soleil était blanc, des bourrasques de vent faisaient tomber les premières feuilles. La guerre faisait partie de la vie et personne ne réalisait ce qui venait de se passer.

DEUXIEME PARTIE

Le Château-Rouge, construit dans les années 1900, ressemble à beaucoup d'édifices de cette époque, l'emploi d'un parement de briques rouges sur la façade le rend plutôt laid. Bâti au milieu de la ville à seulement une quinzaine de mètres de la rue principale dont il est séparé par un mur et une grille, c'est évidemment de sa façade qu'il tire son nom de Château-Rouge, un nom confirmé depuis pour d'autres raisons.

Construit sur un terrain déclive, côté rue, la cave se trouve de plein pied avec le parc, ce qui ajoute de la hauteur à l'édifice et le rend plus imposant. L'arrière, moins haut, orienté au sud, est plus harmonieux, l'économie de la brique rouge, remplacée de ce côté par un crépi blanc, lui donne un aspect moins austère, presque chaleureux.

Prévu pour un double usage, à l'est, le rez-de-chaussée était consacré à l'étude, ce qui expliquait peut-être autrement que par une volonté ostentatoire qui venait d'abord à l'esprit, la construction du château à proximité de la rue. L'intérieur, bien que radouci par des lambris et des tentures, était à l'image de la façade, froid et austère.

Un grand hall d'entrée ouvrait sur un salon et une salle à manger de grandes dimensions, des pièces d'apparat... A droite, en passant sous une sorte d'arche, on accédait au grand escalier et plus loin, après avoir ouvert une porte, à l'aile destinée au service, cuisine, buanderie, lingerie, réserve, escalier de service, deuxième salle à manger. A la gauche du hall, on pouvait se rendre à l'étude par une porte à demi dérobée, découpée dans le lambris et la tapisserie, on pouvait s'y rendre également par une porte qui reliait directement le grand salon à l'étude.

Au premier étage, un couloir central desservait toutes les pièces dont la bibliothèque orientée au nord qui avait vue sur la rue. Le deuxième étage était à l'image du premier, mais les pièces étaient mansardées. Le couloir menait à la chambre de Joël, tout au bout, à l'est. Au milieu du couloir une porte donnait à droite sur un escalier par lequel on accédait au grenier qui était vaste et haut, seulement compartimenté par deux murs de refend qui délimitaient une pièce à chaque extrémité.

Le parc était un bien de famille acquis par un ancêtre, Michel Nouet, le 5 germinal an III au moment de la vente des biens nationaux. En creusant pour les fondations, on avait découvert des sarcophages de l'époque gallo-romaine, des urnes funéraires et des bijoux qui avaient été regroupés au musée de Saint-Germain en Laye. On pouvait en conclure que, comme beaucoup de demeures de la ville, le Château-Rouge avait été construit à l'emplacement d'un cimetière peut-être vieux de deux mille ans. A l'ouest, le parc, d'environ un hectare, était séparé de l'ancien couvent des hospitaliers par un mur haut de quatre mètres.

Les allemands avaient réquisitionné le château dés le début de l'occupation et avaient tout saccagé. Ils avaient coupé les branches basses des cyprès, des thuyas, du séquoia et du grand sapin de Douglas, pour y garer leurs tanks et leurs camions. Les allées non entretenues étaient effacées par les mauvaises herbes, les chardons avaient envahi la grande pelouse et les plates bandes d'où émergeaient encore quelques rosiers anciens et des plantes ramenées d'Algérie par leur grand-mère.

Le jardin neuf, appelé ainsi parce qu'il avait été aménagé plus tard, surplombait dans sa partie nord par une terrasse, la rue principale. Bien qu'il ait été envahi lui aussi par les mauvaises herbes, il avait conservé un aspect de jardin, qu'il devait à ses allées en dalles d'ardoises et au fait que, se trouvant à l'écart et plus difficile d'accès, il avait été plus ou moins épargné. Sa haie de lauriers, ses bordures de buis, les bambous, la tonnelle couverte de chèvre-feuille, le cèdre du Liban, les grands marronniers, en faisaient un lieu encore plein de charme, une sorte de jardin perdu.

Après le départ des allemands, il fallut attendre plusieurs mois avant de pouvoir se promener dans le parc où des barbelés cachés par la végétation étaient tendus à la base des murs et où des mines pouvaient encore exploser.

Des pillards venus de la ville et des environs, avaient immédiatement succédé aux allemands et emporté le peu de meubles et d'objets qui restaient au Château-Rouge qui ensuite avait été occupé pendant deux mois, par les F.F.I. Ces derniers partis, un nettoyage rapide avait été effectué, mais, quatre années d'occupation laissent des traces. Les parquets usés, les tapisseries lacérées, des morceaux de meubles cassés en étaient les témoins.

Leur grands-parents s'étaient réinstallés au rez-de-chaussée, leur laissant l'usage du premier étage, une dizaine de pièces.

Le hall était vide à l'exception d'un ours monumental en bois, qui servait de porte-manteau et avait résisté aux allemands et aux pillards, sans doute à cause de sa taille et de son poids. Dans le grand salon, un fauteuil Louis XVI recouvert d'une tapisserie illustrant une fable de La Fontaine : « Le loup et l'agneau », un hasard symbolique, était le seul rescapé d'un ensemble de douze. Le piano à queue, gisait sans pieds au centre de la pièce, caisse défoncée, clavier cassé, cordes arrachées, elles avaient servi pour les pendaisons.

Au premier étage, les meubles et les livres de la bibliothèque, que leurs grands-parents avaient eu le temps de déménager, avaient été remis à leurs places. La chambre qui fut attribuée à Julien, orientée au sud, était un ancien boudoir où sa grand-mère passait ses après-midi avant la guerre. Elle donnait sur le couloir et le grand escalier et avait été reconvertie en bureau d'interrogatoires par la Gestapo. Des tâches sombres, dont on pouvait imaginer l'origine, ornaient encore la tapisserie rose fanée.

Le deuxième étage était vide à l'exception de deux pièces. L'une se trouvait au dessus de la bibliothèque, sa grand-mère y avait fait mettre des malles qu'elle n'avait pas ouvert depuis. L'autre, c'était la chambre de Joël, tout au bout du couloir. De cette chambre, quand on se mettait à la fenêtre qui donnait sur le parc, on pouvait presque toucher les branches du sapin de Douglas. Par l'autre fenêtre, qui avait une vue plongeante sur le jardin neuf, on voyait aussi l'arrière des maisons de la rue de la gare et leurs jardins, un grand champ de cultures maraîchères, le silo de la coopérative agricole, les derniers toits de la ville et, plus loin, quelques plantations de chênes au bas d'une colline.

Au début de l'occupation, le chef de la kommandantur avait accepté de ne pas réquisitionner cette chambre que leur grand-mère voulait garder comme lieu de mémoire.

Avant de quitter les lieux, des soldats allemands l'avaient profané, en chiant sur le tapis, sur le bureau et sur la tenue d'officier de Joël, qui était disposée sur le lit. A dessein, la chambre n'avait pas été nettoyée depuis, le spectacle était toujours là.

Il fallait faire attention de ne pas tomber quand on descendait à la cave, les marches de l'escalier étaient encore couvertes de munitions, de douilles et de détonateurs.

La première porte à gauche, donnait sur l'ancienne cave à bois, transformée en salle de torture. Les poteaux auxquels les prisonniers étaient attachés, bras et jambes écartés, étaient restés en place au centre de la pièce, ils le restèrent pendant des années.

D'après le père de Julien, au moins quarante résistants y furent torturés avant d'être déportés ou fusillés. Certains étaient morts sous la torture et avaient été enterrés dans le parc. La terre fraîchement remuée par endroits, le laissait penser, mais personne n'avait envie de creuser.

Au moment de la libération, les femmes soupçonnées d'avoir couché avec des allemands, y furent tondues, avant d'être exhibées dans une charrette à travers les rues de la ville. Le lieu était symbolique. La première fois qu'ils étaient descendus, Adrienne et lui, le sol était encore couvert de leurs cheveux.

A gauche de l'entrée principale du sous-sol, un prisonnier des F.F.I. était enfermé dans la pièce qui servait autrefois à Job le jardinier, pour ranger ses outils, juste à côté de celle où, avant la guerre, Julien avait enfermé mentalement « Barbe Bleue » et ses femmes égorgées, suivi plus tard par « la mère Turlandu » et par le « Satan » de l'histoire sainte. A deux ou trois reprises, Julien l'avait vu au moment où un F.F.I. venait lui apporter à manger et le faire sortir quelques instants, leurs regards s'étaient croisés. Lui aussi avait une barbe. Collaborateur, milicien, dénonciateur en attente de jugement, qui était-il ? Sur le moment, Julien ne réussit pas à le savoir. Il ne l'apprit que des années plus tard. Un jour, il fut emmené.

La guerre vue de loin comme à Kerdeleau était normale, pour autant que les guerres le soient. Elle était comme dans un livre, avec des jours de grand spectacle en plus.

Au Château-Rouge, il ne restait que les stigmates. Des cicatrices que sa grand-mère voulait garder, comme autant de preuves de la barbarie nazie.

Julien ne se rappelait pas avoir éprouvé un sentiment spécial devant cet état des lieux qui lui paraissait normal. La guerre faisait partie de la vie, il n'avait pas vraiment connu autre chose et la logique des choses, c'était elle, la guerre ! Pourtant, il devait admettre qu'aussi tragique qu'elle soit, elle était parfois différente de ce qu'il croyait lorsqu'à cinq ans il jouait avec ses compagnies de fantassins, et qui consistait à les faire s'entretuer sans effusion de sang. Tout était virtuel. Ici, il découvrait que pour les nazis, le jeu lors d'une mise à mort consistait en plus, à faire souffrir. Un crochet de boucher pour une pendaison, c'était trop rapide, avec une corde de piano, c'était mieux, la mort était parait-il plus lente, la souffrance plus longue.

Dans cet univers hostile, ils passaient le plus clair de leur temps avec leur mère, dans la cuisine, l'ancienne salle de bain dont, lavabo, baignoire, bidet, avaient été emportés. C'était le seul endroit chaud de la maison. Ils y restaient tard le soir, comme à Kerdeleau, avant de se disperser pour la nuit. Julien s'enfermait à clé dans sa chambre qui était loin de celle de ses parents. Il avait l'impression d'entendre des bruits, des craquements, des frôlements dans l'escalier, des pas au deuxième étage. Il était habitué aux dangers invisibles de Kerdeleau, il les avait intégrés, ils étaient à lui. Au milieu de cet univers complètement nouveau, il éprouvait le même genre d'angoisses mais sur un territoire pour le moment inconnu.

Il avait neuf ans, Adrienne dix, on les inscrivit à l'école publique. L'école des garçons, l'école des filles et le collège étaient regroupés dans l'ancien couvent des Ursulines, vieux de plusieurs siècles. La vieille bâtisse résonnait de tous les bruits provoqués par les hordes de gamins, aux heures de rentrées et de sorties.

Les années passées à la campagne ne l'avaient pas habitué à la vie collective. Arrivé quelques jours après la date de la rentrée, Julien était le nouveau, la bête curieuse, en plus, il était l'habitant du château. La société n'aime pas les différences. Il devait se défendre à coups de pieds, à coup de poing, à la rentrée et à la sortie de l'école. Jusque-là, il croyait que ses seuls ennemis étaient les allemands.

Avec Adrienne, ils traversaient la ville. La rue Fontaine Blanche, rebaptisée depuis rue des martyrs à cause des pendus, la rue du général Lambert, la place d'Aiguillon, la rue au Fil et la rue des Ursulines. Ils faisaient le trajet en courant, comme des étrangers dans la ville.

Au retour, Julien n'avait qu'une hâte, retrouver la maison et refermer la grille sur cet univers qui, malgré toutes les apparences, était en train de devenir le sien. Un monde au milieu d'un autre monde. Un monde où il croisait parfois ses grands-parents qu'il ne connaissait pas.

Il lui arrivait de rencontrer « Bia », son grand-père, au moment où il sortait de son étude et où, lui, revenait de l'école. Cela se passait toujours entre deux portes. « Bia » prenait l'air étonné et levait les sourcils !
— Où cours-tu si vite Julien ?

Julien mit beaucoup de temps à comprendre que cette rencontre n'était pas aussi fortuite qu'il l'avait pensé au début.

Malgré le départ des allemands, la vie était beaucoup plus dure à Carhaix qu'à Kerdeleau. Les tickets de rationnement étaient toujours en cours, le marché noir fonctionnait comme avant et ils n'avaient plus ni vache ni potager. Mauvais calcul, ils avaient quitté leur campagne trop tôt.

« Bia » était un riche propriétaire terrien. Le samedi, jour de marché, ses fermiers lui apportaient des redevances en viande, beurre et œufs. Leur grand-mère enfermait le tout dans une réserve. Parfois, elle leur donnait une livre de beurre rance ou un morceau de lard un peu avancé, que leur mère, après avoir dit merci, devait jeter.

Toute leur vie, les grands-parents de Julien avaient fonctionné ainsi, mangeant des produits plus ou moins avariés, selon un raisonnement qui consistait à manger d'abord les produits qui étaient déjà dans la réserve, et les autres, après.

Julien traversait souvent la rue pour aller dans la maison d'en face, où il retrouvait son cousin Yves qui était presque toujours dans sa chambre où il travaillait en écoutant la B.B.C. Il avait accroché au mur toutes sortes de trophées récupérés sur l'ennemi, principalement des armes.

Malgré les cinq années qui les séparaient, ils s'entendaient bien, ils avaient en commun tous les souvenirs des vacances à Kerdeleau, pendant l'occupation. Julien admirait la force et l'intrépidité de son cousin, en retour, il était son principal interlocuteur et un témoin privilégié pour toutes les bêtises qui lui passaient par la tête et qu'il mettait presque toujours à exécution.

Quelques jours avant la Toussaint, la grand-mère de Julien lui fit demander par l'intermédiaire de son père, de l'accompagner au cimetière pour y porter des chrysanthèmes. Pour cette occasion, elle avait sorti d'on ne sait où, une vieille poussette rouillée dans laquelle étaient placés les pots de fleurs.

Il fallait traverser la ville. Tout de noir vêtue, manteau noir, chapeau noir à voilette, bottines et gants noirs, Julien avait toujours vu sa grand-mère en deuil. C'était un jour triste, le ciel était bas et gris à l'exception d'une ouverture plus claire que l'on distinguait à l'horizon.

Tout au long du trajet, elle répondait à de

nombreux saluts en inclinant la tête. Lui aussi, se croyait obligé de faire un signe qui pouvait ressembler à un salut, malgré la honte qu'il éprouvait à cause de la poussette rouillée. Après la rue du général Lambert et la place d'aiguillon, ils passèrent devant l'ancienne maison Nouet, un des berceaux de la famille, puis rue Brizeux, la chapelle sainte Anne, l'arrière de l'église et arrivèrent à destination.

C'est un beau cimetière qui domine une vallée au fond de laquelle coule la rivière entre des saules et des peupliers. En bas, à droite, on aperçoit le village de Kergroas, appelé aussi « Petit Carhaix », c'est le bas quartier de la ville. De l'autre côté, on voit une colline compartimentée par des champs et des petits bois de chênes, et au sud-ouest, l'église Saint Pierre, un clocher roman coiffé d'un toit pointu, qui le fait ressembler à un personnage du moyen âge.

Les cimetières sont faits pour les morts mais les vivants les y entretiennent dans un état de vie imaginaire. C'était le cas pour sa grand-mère dont l'attitude changea dés qu'ils eurent passé la porte. Elle pressa le pas comme si elle craignait que ses morts ne l'attendent pas. Elle n'eut pas un regard pour le premier caveau de famille qu'ils laissèrent sur la droite. Après avoir dépassé les grands ifs au centre du cimetière, ils arrivèrent devant une construction de style gothique placée avec ostentation au bout de l'allée centrale sur laquelle était inscrit le nom de leur famille mais tournèrent à droite toujours sans un regard vers le monument, sans doute une autre brouille de famille.

Elle s'arrêta un peu plus loin devant la tombe de « petit Claude », le frère d'Yves, mort en 1938 d'une méningite à l'âge de neuf ans, et se mit à dire des mots, comme si elle se parlait à elle même. Julien eut l'impression d'être spectateur ou témoin. C'était peut-être

le rôle qui en plus de s'occuper de la poussette, lui était dévolu. Cette fois, elle s'adressa à lui :
— Julien ! Peux-tu aller me chercher un broc d'eau à l'entrée ?

Julien de retour avec son broc, elle nettoya le marbre de la tombe, vida l'eau des vases, enleva la mousse qui restait collée sur les bords, disposa les fleurs et lui demanda de verser l'eau.

Il avait plu dans la matinée, l'air doux et humide se mêlait à l'odeur d'eau pourrie qui stagne au fond des vases et qui est si particulière à ces lieux où plane déjà un sentiment trouble et triste. On peut admettre la mort, mais on n'arrive pas à la comprendre. On n'a pas la capacité de s'en faire une idée exacte.

L'excitation du début avait lentement abandonné sa grand-mère et avant de quitter la tombe, elle devint silencieuse. Le visage immobile, elle regardait au loin d'un air attendri, des nuages qui couraient à l'horizon, annonçant un changement de temps.

Elle se racla la gorge et ils allèrent à quelques pas de là sur la tombe d'un jeune aviateur canadien dont l'avion, une super forteresse volante, touché par un obus de D.C.A. au dessus de Lorient en février 1943, était venu s'écraser dans un champ à Saint-Hernin, à quelques kilomètres de Carhaix.

Elle resta silencieuse. Sans doute pensait-elle en même temps à son fils Joël dont le corps reposait en pays de Caux et à W.J. Freedan le jeune officier canadien dont la tombe, avec le temps, était devenue dans son esprit, un peu celle de son fils. Après un long silence pendant lequel elle semblait très loin, elle parla en effet de Joël et encore de W.J. Freedan.
— Il a donné sa vie pour la France !!! Une France qu'il n'a connue qu'en venant y mourir, il venait de si loin !!!

Elle prononça à nouveau le nom de Joël et encore

celui de W.J. Freedan. Tout en parlant, elle avait nettoyé la tombe, jeté les vieilles fleurs et disposé les nouvelles. Elle regardait droit devant elle, semblant perdue dans ses pensées. Elle était très loin, en des lieux où les vivants ne pouvaient pas la suivre, Julien encore moins car il s'en rendait compte, il ne la connaissait pas.

Le retour de Jacques Andrieux dit : « Jaco », le grand frère d'Yves, parti en Angleterre en décembre 1940 et dont on était sans nouvelle depuis quatre ans fut un événement inattendu.

Il atterrit en Spit-fire sur le terrain d'aviation de Ploujean à Morlaix, où le père de Julien alla le chercher. Sur le chemin du retour, il lui apprit l'arrestation de son père, tonton Jacques.

Yves et Julien étaient dans la cuisine chez tante Claudie lorsque « Jaco » entra. Un vieil ami de la famille, « Cotin », chauffeur de locomotive et résistant était là aussi. Voulant lui faire une surprise il s'était caché derrière la porte. La situation était confuse et surréaliste. Quatre ans d'absence sans la moindre nouvelle, c'est beaucoup. Qu'il soit vivant constituait déjà une surprise, il ne ressemblait plus au jeune homme qu'il était quand il était parti. Julien quant à lui, n'en avait aucun souvenir et était intimidé. « Jaco » revenait en héros, il avait abattu dix avions allemands en combat singulier, détruit plusieurs dizaines de chars. Il avait vingt sept ans et commandait l'escadrille « Alsace ».

Il ne resta que deux jours à Carhaix, pour lui, la guerre n'était pas finie. Le père de Julien les emmena, Yves et lui, pour le raccompagner à Ploujean.

L'EXTRAORDINAIRE HISTOIRE DU DEPART DE JACQUES ANDRIEUX « JACO » EN ANGLETERRE a bord de « L'EMIGRANT ».

Extrait de la Revue de la France Libre N°89 juin 1956.

Ils étaient plusieurs candidats au départ autour de Jacques Andrieux, Daniel Loménech et Jean Leroux du réseau « Johnny ». Après beaucoup de recherches, Ils trouvèrent un langoustier à Camaret « L'Emigrant », mais un mois de réparations était nécessaire. Pendant que les charpentiers travaillaient, on régla acte de vente, rôle d'équipage, autorisation de sortie. Officiellement, Le bateau devait se rendre à Lorient pour lui adapter un moteur Diesel. Il serait destiné au cabotage entre Lorient et Roscoff. Andrieux en serait le propriétaire nominal.

Les futurs passagers furent amenés prudemment, il n'y avait pas de place pour tout le monde, d'autant plus que deux candidats surgirent au dernier moment. Deux Canadiens qui s'avérèrent, cartes d'identité à l'appui, être des Polonais.

Avant le départ, il fut décidé que tous les passagers non inscrits régulièrement au rôle, seraient cachés dans des caissons à eau, deux seulement de ces caissons contiendraient en fait de l'eau. Le contrôle des départs pour la pêche, ou pour toute autre sortie, se faisait désormais méticuleusement. La « Gast » c'est à dire la police douanière allemande montait à bord pour visiter le bateau, identifier les pêcheurs au moment de la sortie.

Dans la nuit du 15 au 16 décembre, tous les jeunes gens rassemblés à Camaret au débit Celton-Marchand prirent place à bord du bateau dans les caissons à eau. Seul l'équipage régulier était sur le pont. On apprendra plus tard la trahison de Drévillon qui signala à la « Gast » que l'Emigrant partait non pour Lorient mais pour l'Angleterre.

Malgré cela, tout se passa fort bien. L'inspection ne révéla rien de suspect sur le pont. Les allemands descendirent dans la cale, ils avisèrent les caissons, les cloisonnements aménagés par les charpentiers. Ils percutèrent l'un des caissons, il sonna très mat, marquant ainsi le plein d'eau. Au moment où l'un d'eux se disposait à percuter une autre caisse, et celle là sonnerait creux, l'un des pêcheurs qui se tenait derrière lui et qui avait prévu le risque, déposa discrètement un chat devant les pieds de l'allemand et s'écria « attention monsieur, vous allez écraser mon chat !!! L'allemand eut un mouvement de recul. A ce moment, comme par hasard, on lui offre un verre, le coup de l'étrier, on trinque, on boit. Inspection terminée. Des armes étaient prêtes pour le cas où les cachettes auraient été découvertes. Les douaniers allemands quittèrent le bord.

En route donc, non pour chercher un moteur Diesel à Lorient, mais pour l'Angleterre. A quelques milles en mer, les cloisonnés sortirent et montèrent sur le pont. Tous étaient heureux, joyeux du succès de leur ruse. Un bon tour joué aux « Fritz ». Mais, on s'aperçut vite que le bateau faisait eau. Première sortie depuis deux ans. Sous les secousses de la haute mer, pour gagner du temps, on décida de passer entre Ouessant et la côte, ce qui était à cette époque de l'année, assez risqué.

Le lendemain, la côte anglaise était en vue et « L'Emigrant » entrait au petit port de Newlin, près de Penzance.

Plus tard, en mars 1941, au retour de Jean Leroux venu pour le réseau « Johnny », les détails du départ, de l'inspection et l'astuce du chat furent connus.
La vérité finale était autre. On ne la connut que cinq ans plus tard. Bien après la libération. Lorsque en décembre 1945, un agent interprète de la Gestapo, « Gross » fut

arrêté. Jean Le Roux, liquidateur du réseau « Johnny » l'interrogea. Lorsqu'il sut avoir devant lui l'insaisissable Jean Le Roux, « Gross » lui dit : vous avez bien de la chance, monsieur, d'avoir échappé à nos recherches. On avait promis deux mois de congé à tel officier s'il réussissait à vous prendre.

« Gross » révéla que les allemands étaient parfaitement renseignés sur tout ce qui avait trait au départ de l'Emigrant. Il fournit de telles précisions que nul doute n'était possible. Ils savaient que les passagers étaient dissimulés dans les caisses. L'inspection à bord ne fut qu'un simulacre. Pourquoi cette comédie ?

Les deux officiers Canadiens qui avouèrent à Lomenech leur qualité de Polonais étaient en réalité des officiers allemands. L'Allemagne souffrait de manque d'indicateurs en territoire anglais. Il fallait trouver le moyen de déposer là-bas des agents. Pour ce but essentiel, ils acceptaient de laisser partir en Angleterre quelques réfractaires Français.

Ils y tenaient tellement, qu'à l'insu des voyageurs, un destroyer allemand fut détaché de Brest pour accompagner de loin l'Emigrant et s'assurer qu'il ferait le voyage sans encombre et qu'il parviendrait à destination.

Parmi ces évadés de l'Emigrant, peu savent la vérité sur leur équipée. Tout était connu des allemands. La traîtrise de Drévillon. L'achat du navire par Jacques Andrieux, fils d'un médecin de Carhaix. La rue de Lorient indiquée sur sa carte d'identité n'existait pas.

Les autorités allemandes, informées, ordonnèrent à « Gross » de rester à Camaret et de ne s'interposer en rien dans les préparatifs de départ du navire. « Pfeiffer », capitaine de corvette, qui, de Brest, menait le jeu, lui donna des ordres stricts pour que rien d'anormal ne se produisit durant le contrôle qui eut lieu à 9h30. Mention est faite du chat noir.

On savait qu'il y avait des armes à bord. Inversement en cas d'incidents, des mitrailleuses à terre étaient prêtes à agir. Après ancre levée et voile hissée, rapport immédiat fut fait à « Pfeiffer » qui ordonna à un torpilleur de suivre le voilier.

« Pfeiffer » se déclara très satisfait de ce travail bien exécuté, il dit à « Gross » qu'il y avait eu un vent terrible, il pouvait difficilement s'imaginer que l'on s'aventurât en mer dans une si vieille coque. Seuls les bretons en sont capables, ce sont les meilleurs marins du monde dit-il. Il prescrivit à « Gross » de garder le secret le plus absolu. Les évènements devaient seuls lui faire rompre le silence.

Quelle fut l'action des deux Polonais ou pseudo-Polonais ? On ne sait. Elle semble avoir été bloquée par « L'intelligence Service » à leur arrivée en Angleterre.

Revenons à Carhaix. Les murs de l'escalier du château étaient ornés de grands tableaux. Allégories des saisons, peintes sous les traits de plus ou moins jeunes femmes, selon les périodes de l'année qu'elles incarnaient, et toujours en fonction des saisons, plus ou moins vêtues ou dévêtues. A l'époque, on ne montrait pas beaucoup de la nudité. Elles avaient été disposées dans l'ordre conventionnel : Printemps, Été, Automne, Hiver, en montant l'escalier. Plus grandes que nature, au moins deux mètres, elles étaient encadrées d'un simple bois de chêne ciré, comportant un fin liseré doré, champlevé sur le bord extérieur. Peintes dans le style naturaliste du début du siècle dernier par un émule de Puvis de Chavannes, elles étaient chargées de tous les conformismes de l'époque.

Le Printemps avait quand même du charme, en le regardant, on ne pouvait s'empêcher de penser à Boticelli, influence dont l'auteur n'avait pas dû pouvoir s'abstraire lui non plus. L'Eté n'avait sans doute pas été une source d'inspiration aussi forte pour le peintre et n'avait pas la grâce du premier. L'idée de plénitude est peut-être plus difficile à rendre que les frémissements, les promesses et l'énergie qui se dégagent du Printemps.

Julien ne pouvait pas dire pourquoi, il avait un petit faible pour l'Automne. Venant de la droite de la scène, un léger coup de vent emportait quelques feuilles mortes de l'autre côté du tableau en même temps qu'il déplaçait une mèche de ses cheveux et soulevait timidement les voiles presque transparents qui servaient de vêtements à la jeune femme. Une image modérément érotique.

La dernière femme, l'Hiver, donnait bien l'impression de froid, les dominantes bleues y contribuaient largement. En plus, placée en haut de l'escalier, elle ne recevait le jour que d'un côté, par la fenêtre du palier et commençait à être enveloppée par l'ombre du deuxième étage.

Toutes les quatre avaient subi les outrages d'un allemand sadique, un « Barbe Bleue » d'un autre genre, qui avait méticuleusement découpé, sans doute à l'aide d'un rasoir, car les sections étaient très nettes, le sexe et les seins des quatre femmes. La tapisserie murale rouge sanguine qui se trouvait derrière apparaissait désormais à leur emplacement. Un autre monde faisait irruption.

Les toiles n'étaient pas réparables, on ne pouvait pas les rapiécer en recousant ou en recollant des morceaux de sexe ou de seins qui de toute façon avaient disparu. En plus, la grand-mère de Julien avait décidé qu'il fallait les garder dans leur état et qu'elles étaient à ajouter aux pièces à conviction, au même titre mais sous une autre rubrique que la salle de torture, les cordes du piano et la profanation de la chambre de Joël. Elles représentaient elles aussi une image de la barbarie nazie.

Il arrivait qu'une araignée tisse sa toile dans un sexe ou à la place d'un sein, contribuant à donner à la peinture, un aspect, Art Contemporain. A l'époque où elles avaient été réalisées, il était inconvenant de montrer ses sentiments et en dépit des mutilations dont elles avaient été victimes, elles gardaient un visage serein.

  Julien s'était habitué à leur existence et aux stigmates qui les accompagnaient. C'étaient elles qui faisaient l'ambiance dans cette partie de la maison. Dans les premières lumières du matin ou la pénombre de la fin du jour on pouvait oublier les ablations qui étaient au contraire mises en exergue en plein jour. Sans que Julien s'en rende compte, elles étaient en train de remplacer les acteurs de son film de Kerdeleau. Le petit soldat et la bergère montaient en oblique le long d'un mur et arrivés en haut, disparaissaient. Les saisons elles aussi montaient l'escalier en oblique, la dernière, l'Hiver, était sur le point de passer de l'autre côté, le second étage, lieu de tous les fantasmes, où pour le moment, il n'osait s'aventurer seul.

  Cadiou, le barbier, venait chaque matin raser son grand-père. Il arrivait à neuf heures, installait une sorte de salon de campagne dans le hall. Alexandrine, la servante, apportait un grand pot d'eau chaude dont elle versait une partie dans une cuvette de faïence. « Bia » s'asseyait, Cadiou lui passait une serviette autour du coup et ouvrait la lame du rasoir qu'il aiguisait rapidement.

  Assis sur l'une des dernières marches de l'escalier, c'était aussi sa place pour la séance de lanterne magique avant la guerre, Julien assistait au spectacle les jours où il n'y avait pas école. Un spectacle dérisoire, mais après tout, c'est le propre des spectacles, l'on n'y trouve que ce que l'on y apporte.

  Il observait et écoutait, il était toujours fasciné par l'acteur principal : « Bia » qui peut-être s'en rendait

compte et l'attirait souvent dans des mondes absurdes que dans le fond Julien recherchait aussi. Les acteurs étaient fidèles à leur rôle qui ne comportait que peu de variantes.
— Alors Cadiou ! Que me racontes-tu ?
— Ma foi ! Pas grand-chose de neuf ! Répondait Cadiou qui entamait une énumération des faits et des potins de la ville, le plus souvent anodins, dont il était au courant de par sa triple fonction de barbier-coiffeur et de croque-mort fabriquant de cercueils.

Depuis son poste d'observation, Julien ne perdait pas de vue un seul de ses gestes. Quand il avait la main posée sur la joue de « Bia » et que pendant un court instant, de la main droite il tenait la lame du rasoir levé, semblant presque hésiter, il avait un moment de doute. Il en avait parlé à son père.
— Et si Cadiou devenait fou ?
— Ça dure depuis cinquante ans, tu sais, lui avait répondu son père.

Cadiou prenait son temps. Il énumérait naissances, mariages, décès. « Bia » faisait quelques commentaires laconiques. Une conversation automatique qui pouvait servir d'un jour sur l'autre, comme la plupart des conversations.

Quand c'était fini, « Bia » se passait lui-même un peu d'eau sur le visage. Cadiou prenait un flacon d'alcool qu'il vaporisait brièvement à l'aide d'une poire.
— A demain mon cher Cadiou !

« Bia » rajustait son habit et disparaissait dans son étude par la porte dérobée.
Le spectacle était terminé. Cadiou rangeait son installation, semblait apercevoir Julien et avant de s'en aller, lui disait quelques mots, toujours les mêmes, Julien les avait oubliés.

Quand il entrait dans la maison d'en face, la

première chose que Julien regardait, c'était le feutre de tonton Jacques qui était toujours accroché à gauche, au porte manteaux du couloir. Un objet peut parfois porter une grande force évocatrice, mais il s'agit évidemment, encore, d'un jeu à deux. Julien revoyait la photo, assistait au départ de tonton Jacques emmené par les allemands, même s'il n'était pas là et n'avait fait qu'imaginer la scène, il passait un peu intimidé devant le chapeau en faisant attention de ne pas faire de bruit sur le vieux parquet qui craquait à chaque pas.

Il montait directement au premier étage retrouver Yves dans sa chambre. A son dernier passage, « Jaco » lui avait laissé plusieurs paquets de cigarettes américaines, denrée très rare à l'époque. Yves ne fumait pas mais se servait de cette précieuse marchandise comme monnaie d'échange.

Sa collection d'armes avait considérablement augmenté. Pendant les mois qui avaient suivi le départ des allemands, en échange de deux ou trois cigarettes, on pouvait avoir un pistolet mitrailleur, ce n'était qu'une question de marchandage. Il venait de troquer un paquet de « Camels » contre une mitrailleuse allemande et un stock de munitions.

La mitrailleuse était installée au fond du court de tennis, Yves avait appris à Julien à tirer. A chaque visite, ils allaient s'entraîner.

Après avoir transpercé tous les brocs, les arrosoirs et les autres récipients du jardin, ils étaient passés à des choses plus sérieuses. Pointant le canon vers le toit des maisons voisines, Yves avait d'abord visé une flèche du château, que l'on apercevait par dessus la toiture de sa propre maison. Quelques morceaux de métal étaient tombés. Craignant la réaction de « Bia », il avait dirigé le canon de la mitrailleuse vers la cheminée d'un voisin à cent mètres de là. Il avait appuyé sur la gâchette, deux rafales étaient parties, occasionnant une brèche sérieuse dans la maçonnerie.

Le propriétaire était venu se plaindre et Yves s'était fait remonter les bretelles par sa mère. Le lendemain, il avait recommencé et s'était acharné sur la cheminée qui cette fois, était tombée presque entièrement. Il avait dit à Julien :
— C'est un collabo.

L'affaire n'eut pas de suite. Yves était le frère d'un as de l'aviation, un héros, et son père, résistant, n'était pas revenu de déportation. Tout le monde le savait dans la ville, en cette période encore agitée, Yves était intouchable et en profitait.

Plusieurs années après, Julien apprit que les habitants de la ville les appelaient : « les tarés du Château Rouge ».

Après avoir égratigné deux ou trois autres cheminées, n'ayant plus de cibles intéressantes, ils avaient laissé tomber ces jeux de guerre. Dans cette histoire, Julien n'avait tiré que sur des arrosoirs, pour le reste, en ce qui concernait les cibles plus éloignées, il n'avait été que le servant de la mitrailleuse et comme toujours, le témoin.

La guerre n'était pas finie, mais elle se passait désormais loin d'eux. Le jouet d'Hitler, son armée, était presque complètement détruit, mais avait encore des soubresauts, comme il arrive parfois aux jouets cassés, dotés de ressorts, et qui se remettent tout à coup en marche.

Le 16 décembre, alors que les alliés ne s'y attendaient plus, Hitler lança une contre offensive dans les Ardennes. Heureusement, après quelques assauts victorieux, les panzers de Von Rundstedt manquèrent d'essence et échouèrent devant Bastogne. Hitler avait joué sa dernière carte.

En rentrant de l'école, ils goûtaient. Ensuite, ils faisaient quelques expéditions lointaines à travers le couloir et les pièces humides et froides, ils avaient toujours des livres ou des cahiers à aller chercher dans leurs chambres.

Revenus dans la cuisine, ils investissaient la table pour faire leurs devoirs. Leur mère posait des questions en préparant le dîner. Sans s'en rendre compte, ils vivaient dans un univers décalé. Il faisait chaud et humide, de la buée se déposait sur les vitres et sur la toile cirée de la table. Une odeur de choux ou de viande accompagnait les leçons d'histoire et les problèmes d'arithmétique.

Lorsque Hervé, leur père, arrivait, Yvette disait :
— Dépêchez-vous de finir et ensuite rangez vos affaires !

Hervé jetait un coup d'œil distrait sur leurs cahiers et posait deux ou trois questions. La plupart du temps, il était de bonne humeur ou faisait mine de l'être, c'était un faiseur d'ambiance mais dans un autre registre que son ami « Yan ». Il avait toujours une histoire à raconter.
— Vous ne savez pas ce qui m'est arrivé ?
— Je vais vous en raconter une bien bonne !
Ou encore.
— Vous ne devinerez jamais !

Suivait l'histoire en question, il avait un véritable don de conteur et de metteur en scène.

Après le dîner, frugal en ces temps de disette, mais auquel leur mère, fine cuisinière, parvenait à donner du goût, il leur restait toujours quelque devoir à terminer, quelque leçon à revoir. Ensuite, ils écoutaient la radio tous ensemble, ils parlaient de la journée écoulée ou ils traînaient, retardant le plus possible le moment où il faudrait bien se résoudre à aller se coucher.

Le scénario était le même qu'à Kerdeleau, ils quittaient tous ensemble la cuisine en direction des chambres à travers un couloir sinistre et mal éclairé. Le château n'était pas chauffé. Après avoir embrassé ses parents, Julien entrait dans sa chambre et se glissait dans des draps humides. La porte de sa chambre donnait sur le grand escalier, lieu de tous les fantasmes nocturnes, ceux qui venaient d'en bas et surtout ceux qui risquaient de descendre du deuxième étage. Recroquevillé au fond de son lit, il mettait du temps à s'endormir.

Au rez-de-chaussée, sur un mur de la petite salle à manger, on pouvait voir une photo de Juliette, la femme de « Bia », c'était une photo qui datait d'avant leur mariage. Juliette devait avoir dix-sept ans. Son regard était arrêté, ce qui était normal puisque c'était une photo, mais, dans la vie, quand elle parlait, elle ne fixait jamais rien, Ces yeux faisait un va et vient incessant. Au cimetière, en revanche, et seulement là, ils semblaient se fixer sur quelque chose d'inaccessible, très loin à l'horizon.

Julien avait du mal à imaginer que la femme qu'il accompagnait au cimetière était la même que sur la photo et que celle qu'il voyait errer dans le parc où elle semblait faire des travaux sans suite, vêtue d'une sorte de houppelande kaki et d'un chapeau genre bonnet phrygien, qui rendait sa silhouette singulière.

Sa vie avec son grand-père ou l'image qu'il s'en faisait ne correspondait pas aux histoires racontées par son père qui voyait en sa mère une femme très brillante particulièrement en société. Histoire de génération, sans doute. C'était comme un film muet ou un roman photos auquel on aurait mis des sous-titres décalés. Toujours ce décalage.

Elle était née à Bouira en Algérie, au pied du Djurjura. Des mots colorés dont l'exotisme constituait pour Julien malgré des analogies avec les histoires de sa famille maternelle, un mur infranchissable, dans lequel de rares ouvertures ne menaient qu'à des pensées confuses. Après Bouira son père qui était notaire avait été nommé à Bône (en Algérie, les notaires étaient fonctionnaires), où elle avait vécu jusqu'à l'âge de dix-huit ans, en dehors d'une période où elle avait été pensionnaire dans un établissement dirigé par des Sœurs à Alger.

La rencontre entre elle et « Bia » avait été arrangée, comme c'était souvent le cas à cette époque, par une amie commune aux deux familles, une certaine madame Marciani, une italienne.

Après le mariage qui avait eu lieu à Bône, les jeunes mariés étaient venus habiter à Carhaix. Vie de château mais dans un pays sans lumière comparé à l'Algérie, et partagée pendant les premières années, avec une belle-mère. Comment s'était-elle habituée à un tel changement ? Julien avait retrouvé des lettres. Avant la guerre, la mère de Juliette venait chaque été passer deux où trois mois à Carhaix.

Le pays n'était peut-être pas seul en cause, malgré tous les signes visibles dans le parc ravagé, où elle avait essayé de recréer une ambiance méditerranéenne après la guerre en y faisant pousser des plantes d'Algérie qui, faute de soleil demeuraient aussi tristes qu'elle.

L'étude de notaire de « Bia », occupait le rez-de-chaussée de la partie est du château.
Autrefois, au temps où l'étude était florissante, après avoir poussé la grille du parc, on entrait par une porte qui ouvrait côté rue et on montait un escalier qui aboutissait à la salle d'attente, pièce froide et sans confort, comportant pour tout mobilier, des bancs fixés au mur. Le bureau des clercs, qui y faisait suite, était une immense pièce meublée de tables bureaux et de rayonnages garnis de dossiers et des minutes de l'étude. L'ambiance y était aussi

froide et dépourvue de vie.

« Bia » était assis dans la pièce suivante, derrière le bureau de droite. Celui du premier clerc, était en face du sien, séparé par une étagère à mi-hauteur. Depuis la guerre, « Bia » était seul, il n'y avait plus de premier clerc. Des dix sept clercs que comptait l'étude autrefois, il n'en restait qu'un qui travaillait dans la première pièce. Un homme effacé, que l'on ne remarquait pas si l'on ne savait pas devant quel bureau il se tenait, tant il s'intégrait à la pénombre environnante. Cette partie de l'étude avait deux grandes fenêtres mais elles étaient obscurcies par une haie devenue trop haute et des vitres recouvertes par endroits d'une fine mousse verte que personne ne songeait à nettoyer, et qui baignait la pièce d'une lumière glauque d'aquarium.

« Bia » passait sa vie dans son étude, il s'y tenait tous les jours de la semaine, dimanche compris et n'en sortait qu'aux heures de repas, pestant contre les rares clients qui venaient encore l'importuner. Il passait son temps à lire ou à faire des mots croisés et fumait en se servant d'un fume-cigarettes en ivoire. Un abonnement chez plusieurs éditeurs lui assurait un approvisionnement régulier en livres. Toute sa vie, il avait lu. Il était très érudit, d'après le père de Julien on pouvait lui poser n'importe qu'elle question, il savait.

Un jour, une démarcheuse qui voulait lui vendre une encyclopédie, devant ses réticences, lui dit :
— Vous avez peut-être des enfants ?
— Mes enfants ont leur père, avait répondu « Bia ».
— Vous n'êtes tout de même pas une encyclopédie ?
— Vivante, madame, vous l'avez dit, vivante !

Il restait immobile pendant des heures, assis à son bureau, se servant d'une loupe à la place de lunettes. En hiver, ses lèvres et le bout de ses doigts bleuissaient sous l'effet du froid. Le matin, le père de Julien allumait du feu dans un « Mirus », mais « Bia » ne s'en occupait pas et le feu s'éteignait après avoir fait un peu de fumée.

Parfois, il se levait pour se dégourdir les jambes. Il restait quelques minutes devant la porte-fenêtre qui donnait sur le parc, il l'ouvrait quand il faisait beau, c'était le seul moment où il prenait l'air.

Si Julien passait à ce moment là dans le jardin, il lui souriait, il avait l'impression que « Bia » lui souriait aussi, son visage restait immobile mais semblait s'éclairer. Leurs relations affectives en restaient là. A quoi pensait-t-il ? Il lui arrivait d'aller surprendre son clerc en plein travail. Un travail qui consistait à rédiger à la main des actes pour lesquels « Bia »était d'une exigence tyrannique.

Un jeu absurde qui avait fait de son clerc un artiste en calligraphie. Julien l'avait observé pendant qu'il écrivait. L'écriture était parfaite, chaque majuscule un chef-d'œuvre qu'il exécutait dans le vide au dessus de la feuille de papier pour une dernière répétition avant d'appuyer la plume. Il ne pouvait pas se permettre de rater. Le risque semblait être aussi grand que celui d'un funambule sur son fil.

L'harmonie générale était la règle dans la rédaction de l'acte qui ne devait comporter, cela allait sans dire, aucune faute ou rature et respecter en plus certains critères esthétiques. Les marges, l'emplacement du premier mot de chaque première ligne, l'écart entre deux paragraphes dépendaient de ces règles bien établies. Enfin, la dernière page, celle des signatures dont le tiers devait rester vierge, était la partie la plus difficile à jouer et le clerc devait faire des calculs très précis pour parvenir au terme de l'acte en respectant cet espace.

Pour agrémenter le jeu, le grand-père de Julien, poussait parfois le vice jusqu'à apposer sa signature à l'avance, l'artiste étant obligé de s'arrêter à une distance très précise de celle-ci. L'acte terminé, il frappait à la

porte du bureau de « Bia » qui relisait soigneusement le document, s'arrêtant aux endroits où le scribe aurait pu trébucher. Le clerc semblait heureux, il savait qu'il avait maîtrisé la situation. Tout se faisait dans le plus grand silence, jusqu'au moment où « Bia » posait l'acte sur le bureau et disait en levant les sourcils et en opinant légèrement de la tête :
— Pas mal du tout !

Parole qu'il faisait suivre d'un long silence porteur de compliments sous-entendus que le clerc pouvait aisément imaginer en retournant à sa table de travail. Culture de l'absurdité, rigueur parfaite, ennui, plaisir sadique, comédie, jeu dérisoire à l'image de la vie, sa propre vie, dont le piano sans pieds, clavier cassé, cordes arrachées était peut-être l'image ultime.

« Avant la guerre ». Ces mots revenaient tout le temps dans les conversations. « Avant la guerre », « pendant la guerre ». Avant la guerre, quand « Bia » sortait de son étude, il s'asseyait devant son piano dans le grand salon et jouait, le plus souvent, un air de Chopin ou de Litz, ses préférés dans ce qui était devenu une routine.

C'était avant la guerre. Désormais, il restait un peu plus tard dans son étude, il n'en sortait qu'à l'heure du dîner, ne s'arrêtait plus dans le salon où gisait encore dans un coin, tel un cul-de-jatte mort, la caisse du piano.

Au printemps, l'atmosphère changea. Des flots de lumière entrèrent par les fenêtres de l'escalier, ne laissant dans l'ombre que les couloirs. Les grandes femmes de l'escalier semblèrent renaître. En particulier, celles qui le matin recevaient des rayons de soleil, le Printemps et l'Automne, malgré les plaies béantes laissées par la guerre, donnèrent l'impression de sortir d'un mauvais rêve.

Le 8 mai, le directeur de l'école, un petit homme sec et autoritaire, entra dans la classe et dit :

— Mes enfants, la guerre est finie ! Vous pouvez rentrer chez vous.

Une façon de les mettre en vacance pour fêter la victoire. Prévoyante, leur mère avait déjà fait teindre des draps, l'un en bleu, l'autre en rouge, il ne restait plus qu'à les assembler avec un drap blanc pour constituer un grand drapeau tricolore qu'ils accrochèrent entre deux fenêtres de la bibliothèque à l'endroit où, moins d'un an plus tôt, flottait encore le drapeau à croix gammée.

Le lendemain, un grand défilé fut organisé et passa devant le château. Une semaine après, des prisonniers commencèrent à revenir. Chaque soir, des gens descendaient la rue de la gare pour aller attendre le train en provenance de Paris. Un peu plus tard, on les voyait qui remontaient la rue par grappes, accrochés à leur prisonnier retrouvé.

Quelques déportés revinrent aussi, mais à l'époque on ne faisait pas vraiment la différence entre prisonnier et déporté. On ne savait encore rien des camps de la mort.

Georges revint, Julien le rencontra pour la première fois chez tante Claudie, dans la pièce que les allemands appelaient « Casino ». Il ne le connaissait qu'à travers son histoire racontée par son père jusqu'au moment de son arrestation, le 18 juin 1943.

Georges était là, assis dans un fauteuil club, il était très maigre et avait l'air fatigué. Julien s'approcha de lui pour lui serrer la main, Georges ne fit qu'un signe de la tête.

De tonton Jacques, aucune nouvelle. « Jaco » était allé à sa recherche dans plusieurs camps en Allemagne, en Pologne et même jusqu'en Russie, mais là, malgré ou à cause de son uniforme, on lui avait fait comprendre qu'il était indésirable. La guerre froide avait déjà commencé, il était revenu sans la moindre information. Malgré tout, on gardait espoir.

A quelque temps de là, un homme porteur de nouvelles rassurantes se présenta chez tante Claudie. Il disait avoir été avec lui en déportation et cita le nom du dernier camp où il l'avait vu. Tante Claudie lui fit bon accueil en lui offrant l'hospitalité pendant quelques jours au cours desquels il se contredit deux ou trois fois, semblant hésiter et donnant des détails qui ne correspondaient pas à ce qu'il avait dit précédemment.

Tante Claudie et le père de Julien en étaient à confronter leurs idées et surtout leurs doutes, quand les gendarmes vinrent l'arrêter. Il avait déjà fait le coup dans d'autres familles. Malgré tout, on lui chercha des circonstances atténuantes. Peut-être au moins, avait-il était déporté ? La tante de Julien, à qui il avait redonné espoir pendant quelques jours, dit :
— Le pauvre diable ! Et lui fit porter des cigarettes.

L'espoir est un sentiment à la fois fort et fragile. Le souvenir de tonton Jacques était encore très présent, on ne pouvait pas se faire à l'idée qu'il était peut-être mort, des déportés revenaient encore.

La guerre était finie, mais les morts, les traces qu'elle avait laissé, les souvenirs, étaient encore dans la tête des gens qui tentaient de les exorciser. Les mêmes mots revenaient tout le temps dans les conversations.

Résistant. Collabo. Tondue. Maquis. F.F.I. F.T.P. Marché noir. Fusillé. Boche. Salaud. Gestapo. Dénoncé. Torturé. Exécuté. Milicien. S.S. Résistant de dernière heure. Nouveau riche. B.O.F. Rationnement. Débarquement. Américains. Et les mots que l'on découvrait : Chambre à gaz. Four crématoire. Les gens avaient plein la tête de ces mots porteurs de souvenirs vécus, entendus ou imaginés, porteurs d'angoisses, de peurs, de suppositions, d'accusations, de médisances, de calomnies, de diffamations, de suspicions, de joie parfois et d'espérance, mais aussi de rancœur.

C'était une petite ville et certains avaient des étiquettes qui leurs collaient à la peau.

— Son père a été déporté. C'est un grand résistant. Les allemands ont pendu son fils à un crochet de boucher. Toute sa famille a été fusillée. C'est un collabo. Elle a couché avec des allemands. Elle a été tondue. On ne sait pas ce qu'il a fait pendant la guerre. Il a trouvé de l'argent parachuté. Il s'est enrichi pendant que les autres risquaient leur peau. Pour lui, la guerre a été une chance.

Tout le monde se connaissait et tout le monde essayait de faire bonne figure mais chacun portait son histoire et la projetait devant et autour de lui. Histoires valorisantes, histoires navrantes, histoires vraies ou fausses. Histoires imaginées, réelles ou virtuelles, elles étaient toutes dans la rue, elles se croisaient, elles se heurtaient. Pendant quatre ans, les gens avaient gardé pour eux ce qu'ils voyaient, ils avaient eu des tentations, certains avaient succombé, étaient devenus délateurs. La guerre avait fait des héros et des salauds, elle les avait simplement révélés.

Dans cinquante ans, tout le monde aurait peut-être oublié. On ne saurait plus qui avait fait quoi ou qui n'avait pas fait. Qui avait été résistant, qui avait été pétainiste, qui avait porté l'uniforme allemand. Presque tout le monde aurait été gaulliste. Si le doute subsistait, avec le temps, il disparaîtrait. Les gens vivraient ensemble sans savoir de quoi ils étaient capables ni de quoi étaient capables ceux a côté de qui ils vivaient. Capables d'être des héros, des salauds, capables de n'être rien. Bénéfice du doute.

Le directeur d'école avait dit : « mes enfants la

guerre est finie ». En réalité, on ne sait pas quand une guerre est finie. Elle reste dans la tête des gens, longtemps après que l'on a dit qu'elle était finie. Elle n'est vraiment finie que lorsque tous les acteurs, tous les figurants, tous les témoins, tous les témoins des témoins sont morts. On la range alors dans les livres avec les autres guerres, les historiens s'en emparent et la transforment. On inscrit des dates et des noms, on commémore. On additionne des morts qu'on appelle : « pertes civiles, pertes humaines... ». Des analystes disent :
— On aurait pu éviter la guerre si...

Récit de Georges

Le mitard de la prison Jacques Cartier à Rennes est situé à droite lorsque l'on descend l'escalier qui conduit au sous-sol, à gauche, existe le même mitard. La porte est ordinaire mais la cellule est plus grande que les autres, coupée en deux par une grille qui va du sol au plafond. A gauche, les barreaux forment un cube de un mètre trente de côté, hauteur, largeur, profondeur. Ça ressemble à une cage aux fauves.

On vous attache par les poignets aux barreaux du haut de la cage, vous ne pouvez ni vous asseoir, ni vous tenir debout. La lumière s'éteint et vous êtes dans le noir. Impossible de savoir si c'est le matin, le jour, le soir, la nuit. En principe, une soupe tous les trois jours. Un bras est détaché, vous avez trois ou quatre minutes pour avaler votre breuvage. Pas lavé, pas rasé et le reste.

Combien de temps suis-je resté ainsi dans cette cage, impossible de le dire avec exactitude. Les secondes sont des heures, les heures des jours, les jours des mois. Le temps n'existe plus. Et pourtant, il passe inexorablement, égrenant des minutes infinies. La peur m'envahit. Peur de mourir, peur d'avoir les jambes tremblantes, peur d'être non pas lâche, mais pitoyable. Je sais que l'instant final approche. Les balles vous transpercent, elles brûlent, elles déchirent. Je peux les imaginer, les sentir. Mais le visage, la bouche, les yeux ? J'entends leur bruit. Comment disparaissent nos pensées ? Lorsque les portes du mitard s'ouvriront : la mort ! Je pense beaucoup à ma mère, internée dans cette prison, seule dans une cellule. Ma mère qui durant un interrogatoire a été giflée devant moi par le S.D. Pauvre maman si petite, si courageuse. Elle entendra sûrement la salve, le coup de grâce. Elle saura... Tout se sait en prison.

Et puis, un éclair aveuglant ! Les portes viennent de s'ouvrir... Quel destin ? Courage maman. Et puis, la prison d'Angoulême et puis Compiègne et puis Birkenau et puis Buchenwald et puis Flossenbürg et puis la liberté.

Je suis resté seul en cellule pendant dix mois. Arrêté le 18 juin 1943, je pars en Allemagne vers les camps de concentration le 21 avril 1944.

Pendant quatre ans, les gens avaient espéré. En premier lieu, que la guerre cesse. Mais sans doute, avaient-ils pris l'habitude, peut-être inconsciemment, de mettre leurs problèmes personnels sur le compte de la guerre. Quand elle serait finie, tout irait bien. La constatation était difficile à admettre, la guerre était finie, elle n'avait pas emporté tous les problèmes. Pendant quatre ans, elle avait été responsable de tout. Elle était finie, il fallait désormais regarder les choses en face. Certains, au fond d'eux-mêmes, la regrettaient peut-être un peu, pas la guerre bien sûr, mais l'espoir qui allait avec.

Le père de Julien appelait ce sentiment, la nostalgie de l'espoir. C'est au café Couzelin qu'il retrouvait ses amis. La mère de Julien l'accompagnait parfois, cela lui arrivait ainsi qu'à Adrienne. C'était toujours le même groupe. Des amis d'avant la guerre ou de la résistance, Georges était toujours là, le docteur David qui était venu à Kerdeleau, était aussi au rendez-vous. Au début, ils parlaient de choses sans importance. La conversation s'animait, ils refaisaient le monde et Dieu sait qu'il y avait du pain sur la planche. A les entendre, ils avaient tous été gaullistes, désormais, ils étaient anti-communistes. Les nazis battus, le danger venait de l'U.R.S.S.

Ils buvaient du Byrrh et du Cinzano. Chacun payait sa tournée, les esprits s'échauffaient, les conversations prenaient des tours imprévus. Ils disaient des mots que l'on ne pouvait pas rattraper, des silences pesants suivaient, puis d'autres mots qu'il aurait mieux valu éviter de dire. De mauvaises explications.
Ils parlaient d'autre chose et se séparaient en essayant de faire bonne figure mais avec ces mots qui restaient en travers. Pendant quelque temps, ils se faisaient la gueule puis finissaient par se rabibocher.

Les choses étaient compliquées. Les gens ne pouvaient s'empêcher de faire des bilans. Ceux qui avaient risqué leur vie, se mettaient parfois à regretter de l'avoir risquée pour des gens qui n'en avaient aucune reconnaissance et qui pendant ce temps, pour certains, s'étaient rempli les poches. Et ceux qui n'avaient rien fait se seraient bien passés de la présence de ceux qui avaient fait. Témoins gênants !!!

Leurs grands-parents Marty venaient parfois le dimanche. En période de vacances, les enfants repartaient avec eux à Morlaix par le train. C'était un petit train à voie métrique, qui mettait plus de deux heures pour parcourir quarante huit kilomètres. Il serpentait dans la campagne bretonne, tiré par une locomotive à vapeur, souvent conduite par Cotin.

Locmaria, Kervallon. A Scrignac il s'arrêtait un quart d'heure pour refaire le plein d'eau, puis repartait. Lannéanou, Plougonven. Avant d'arriver à Morlaix et de s'engager sur le viaduc, il ralentissait et marchait à la vitesse du pas d'un homme pendant quelques centaines de mètres, à proximité de la maison de leurs grands-parents. Profitant du ralentissement et pour éviter d'avoir à faire le chemin à pieds dans l'autre sens en retraversant toute la ville, leur grand-père décidait alors de descendre en marche.

Il commençait par lancer les bagages sur le ballast, ensuite, les enfants sautaient, puis venait le tour de leur grand-mère et lui, sautait en dernier. A la fin de l'opération, ils étaient tous dispersés le long de la voie ferrée sur plusieurs dizaines de mètres. On aurait dit un parachutage.

Un jour, dans son affolement pour sortir du compartiment, leur grand-mère en trébuchant avait arraché la jambe de bois d'un homme qui en avait posé l'extrémité devant lui sur la banquette et avait dit :
— Quelle idée d'avoir une jambe de bois !

Récit de Georges

Les portes des wagons viennent de s'ouvrir. Les S.S crient et nous engueulent. Nous aidons nos compagnons trop faibles à descendre, nous sortons les morts. On nous compte, on nous frappe pour nous faire mettre en rang. Les allemands tuent quelques êtres trop affaiblis, on nous terrorise. Certains, devenus fous dans les wagons, sont matraqués à mort. On nous compte encore, on nous bat, on nous recompte, on nous rebat.

Nous sommes restés quatre jours et quatre nuits dans ces wagons et nous sommes, nous le saurons dans quelques heures, dans un camp de concentration : BIRKENAU. Camp d'extermination.

Dans les camps de concentration allemand, le pourcentage de déportés pour faits de résistance est minime : 5 à 7%. Beaucoup sont déportés pour des délits de droit commun. Quelques uns sont là pour des raisons politiques, des communistes, des objecteurs de conscience. A Birkenau, le plus grand nombre est constitué par les juifs.

De Birkenau, je suis envoyé à BUCHENWALD. Les juifs qui étaient en majorité à Birkenau, sont remplacés à Buchenwald par des déportés ayant une étiquette politique, ils sont communistes. Ils forment l'aristocratie du camp de Buchenwald. Ils possèdent tous les postes de commandement, chef de camp, chefs de blocs etc. Je passe devant une commission. Par ces censeurs, je suis désigné pour partir à FLOSSENBÜRG.

La mortalité à Flossenbürg est deux fois plus élevée qu'à Buchenwald. A Flossenbürg changement de décors. Là, ce sont les Droits Communs qui détiennent tous les postes importants. Le chef de camp, les chefs de blocks, les adjoints au chefs de blocks, le chef des commandos, les kapos, les stuberdient qui distribuent les repas, tous les postes de la vie courante sont aux mains des Droits Communs.

      Yan qui n'était pas venu à Kerdeleau pendant l'été 44, l'été de la libération, arriva encore comme une bourrasque, porteur de tout ce qu'il y avait ailleurs, à Paris mais aussi à Concarneau et à Douarnenez où il avait passé un mois à dessiner et à peindre la mer et les bateaux. La guerre n'avait eu aucun effet sur sa façon de peindre la mer qui était toujours horizontale, plate et transparente, pas plus que sur les mâts des bateaux d'une verticalité parfaite comme les reflets qui les prolongeaient dans l'eau. Chacun avait traversé la guerre comme il avait pu.
      Le père de Julien organisa pour lui une exposition chez un ami photographe, François Lemaigre. Yan y obtint un grand succès et vendit tous ses bateaux, tous ses marins pêcheurs et toutes ses mers d'huile, à des gens qui avaient été privés de dépenses pendant les années de guerre et se découvraient, le temps d'un vernissage, une âme de mécène. Comme à Kerdeleau, Julien eut droit à son surnom « Juseppe », mais cette fois, ce fut leur seul lien de communication. Rien dans la ville, ne pouvait donner envie à Yan de planter son chevalet au coin d'une rue ou au milieu d'une place et il n'y eut cette fois aucune relation entre peintre et témoin.
      C'est cette année là qu'il offrit à ses parents, La chapelle de la Joie de Saint Guénolé-Penmarc'h », ce petit tableau que Julien a reçu en héritage et qui évoque si bien la lumière de la côte sud de Bretagne. La présence d'une Bigoudène en costume noir, qui marche en direction de la chapelle, sans doute, procédé technique pour donner de la profondeur au tableau, contrariait sa mère et était

souvent un sujet de discussions.

— Pourquoi a-t-il mis cette femme en plein milieu du tableau ?

Une femme en noir qui ne faisait que trois centimètres de haut. Elle n'osa jamais le dire à « Yan ». Sa mère était morte, « Yan » aussi. Julien était allé à Saint Guénolé-Penmarc'h, la chapelle était toujours là, pas la femme en noir, il aurait peut-être dû attendre.

Un dessin au fusain rehaussé de sanguine représentant la ferme voisine de leur maison de Kerdeleau, un autre cadeau de « Yan », évoque d'autres souvenirs, le grand if, la fontaine et sa sorcière.

Après son passage, preuve que l'ambiance de guerre commençait à s'estomper, Yvette, leur mère ressortit sa boite de couleurs et ses pinceaux. Une toile tendue sur un châssis étant introuvable à Carhaix, après la guerre, elle se procura un morceau d'isorel sur lequel elle esquissa au fusain un début de nature morte, une coupe avec des fruits, posée sur une table, une chaise à côté, quelques couleurs, puis elle l'abandonna, c'était une première étape, c'était bon signe.

Adrienne qui avait beaucoup progressé, était devenue experte en dessins de mode, on pensait même que plus tard, elle en ferait son métier. Quant à Julien, pour ne pas être en reste, il fit un tableau représentant des joueurs de boule qu'il avait vus sur le champ de foire. Cinq joueurs qui ont l'air très concentré, dans des tons assez sombres, d'ocres, de bruns et de noirs, avec quand même un coin de ciel bleu.

Julien n'était monté que très rarement au second étage où jamais personne n'allait à l'exception de sa grand-mère qui y gardait une pièce fermée à clé au dessus de la bibliothèque et dans laquelle elle avait fait entasser des malles pleines de vieux vêtements dont elle n'avait plus l'usage.

A part cette pièce et la chambre de Joël, l'étage était complètement vide et malgré cela, la nuit, on avait l'impression qu'il s'y passait des choses incompréhensibles, même inquiétantes. On entendait des bruits dont on ne pouvait expliquer l'origine.

Dés la tombée de la nuit, et certains soirs plus que d'autres, des portes s'ouvraient et se refermaient, des meubles étaient traînés sur le plancher, des bruits de pas venant du bout du couloir, s'arrêtaient juste à la première marche de l'escalier comme s'ils allaient descendre puis, repartaient vers le fond.

Un soir qu'ils étaient seuls, leurs parents avaient été invités chez des amis, les bruits furent plus forts que jamais. Par bravade, pour montrer à ses soeurs qu'il n'avait pas peur alors qu'il crevait de trouille, Julien décida de monter voir ce qui se passait. Leur chien, un fox terrier monta avec lui. Arrivé sur le palier, à mi-étage, avant la femme Hiver, le fox s'arrêta brusquement et se mit à fixer quelque chose vers le haut de l'escalier, ses poils se hérissèrent, il se mit à gémir et rebroussa chemin comme s'il avait été poursuivi.

Julien n'eut pas plus de courage que lui, peut-être moins, il n'osa pas regarder et quitte à perdre la face, redescendit les marches quatre à quatre. Les bruits persistèrent encore longtemps, presque jusqu'au retour de leurs parents qui rentrèrent un peu après minuit.
— Même s'il y a un fantôme, tu ne dois pas en avoir peur lui dit son père. Tu es grand et costaud, il ne peut rien contre toi.

Le lendemain, ils montèrent ensemble pour inspecter les lieux, mais les fantômes ne laissent pas de traces. Malgré la sensation désagréable que lui donnaient ces lieux, Julien remonta seul les jours suivants, rien ne se passa mais il avait l'impression d'être épié dés son arrivée au deuxième étage. Le fantôme, l'entité, il ne savait pas quel nom lui donner, semblait avoir une prédilection pour une ancienne chambre qui donnait sur le parc. A plusieurs reprises, Julien avait localisé sa présence dans cette pièce qui se trouvait juste après l'escalier accédant au grenier. Il s'était bien gardé d'y entrer se contentant de pousser la porte, l'imaginant tapi dans le coin le plus sombre, au fond à droite.

Adrienne avec qui il en avait souvent parlé, lui dit qu'un jour, elle avait senti sa présence sous l'escalier du grenier, un espace restreint qui n'était séparé du coin sombre en question que par une mince cloison.

Le couloir qui desservait le second étage, était éclairé par l'une des portes de la chambre de Joël, dont la partie supérieure était faite d'un vitrail composé par le père de Julien du temps où il était élève aux Arts Déco et dont le style était l'illustration de cette époque. La lumière diffusée par les verres de différentes couleurs, baignaient le couloir d'une lumière étrange.

Quand on entrait dans la chambre par la porte de droite, le lit se trouvait tout de suite à gauche. Sur la couverture marocaine qui le recouvrait, la grand-mère de Julien avait disposé son képi et sa veste d'officier. Deux meubles bas, constitués d'éléments de vieux meubles bretons, étaient encastrés dans des étagères qui couraient le long des murs et un bureau se trouvait entre les deux fenêtres qui donnaient l'une au sud, l'autre à l'est. Sur les murs, quelques gravures représentaient des chevaux.

Les étagères étaient vides, à l'exception de trois livres que les pillards avaient oublié. « Zadig », « Le charretier de la providence », et « La nuit de Zeebrugge ». Sa grand-mère avait fini par faire nettoyer la chambre souillée par les allemands. Lors de ses premières incursions dans ce sanctuaire, Julien était impressionné, il ne restait que quelques instants, osant à peine respirer.

Avec le temps, une relation plus sereine s'établit entre son parrain et lui. Une sorte de complicité dans laquelle Julien jouait évidemment, comme toujours, deux rôles. Les souvenirs qu'il avait de Joël remontaient à avant la guerre, il n'avait pas cinq ans. Il lui arrivait de s'identifier à lui, bien que d'après sa grand-mère, il n'en possédait pas, loin s'en fallait, les qualités requises.

Ses visites se firent plus longues. Il s'asseyait à sa table de travail, sans avoir l'impression de commettre un sacrilège. Par la fenêtre qui donnait à l'est, il voyait le jardin neuf, la tonnelle, le cèdre du Liban, les trois allées d'ardoises qui se rejoignaient autour d'une stèle entourée d'herbes sauvages, de myosotis et de monnaies du Pape, sur laquelle était posée une statue devenue imaginaire.

Il mit plus de temps à investir le grenier, l'obstacle représenté par l'escalier au dessous duquel se trouvait, d'après Adrienne, le repaire du fantôme, n'était pas évident à franchir.

C'était un vaste espace vide entrecoupé par des murs de refend et dont les lucarnes placées très haut ne laissaient entrevoir que des morceaux de ciel. Deux petites pièces situées à chaque extrémité contenaient : l'une, des archives de l'étude entassées en vrac sur le sol, et l'autre, des piles de correspondance le plus souvent familiale et quelques jouets cassés.

Ces deux pièces n'avaient pas intéressé les pillards, allemands ou autres et contenaient à ses yeux, des trésors d'écritures, de découvertes et de mystères. Il allait d'une pièce à l'autre suivant les jours. On y respirait une odeur enivrante de vieux papiers moisis. Il y découvrit d'anciens parchemins couverts de textes illisibles aux grands S caractéristiques. Certains, vieux de plusieurs siècles. Il mettait de côté les plus beaux, et ceux qui lui paraissaient le plus chargés de mystère, d'autant plus chargés de mystère qu'ils étaient incompréhensibles. Au milieu de piles plus récentes, souvent entre deux feuillets jaunis et mangés par les poissons d'argent, il découvrit des enveloppes avec leurs timbres oblitérés. Des timbres ordinaires et des timbres plus rares. La passion pour la philatélie, qui l'avait effleuré à Kerdeleau, le reprit. Les timbres sont des microcosmes qui attirent et captent insidieusement l'attention malgré et peut-être à cause de leur petite dimension. Contrairement à un tableau que l'on peut voir en restant à l'extérieur, un timbre, par sa petitesse, attire, concentre et piège le regard.

Julien était entré dans cet univers, attiré à la fois par la découverte, par les sujets, par les couleurs et toutes les nuances qu'elles comportaient, donnant des combinaisons innombrables, résultats de mélanges et de juxtapositions que l'on ne rencontre que dans ce monde particulier. Cérès, Napoléon III, la Semeuse, Iris, Mercure, se conjuguaient subtilement, en carmin, en noir, en bleu, en jaune, en rose carminé, en noir sur azur, en noir sur chamois ou en orange sur jaune paille.

C'étaient surtout les visages qui l'attiraient. Celui incarnant la province du Languedoc et encore plus celui de l'ange de Reims qui par son sourire exerçait sur lui une véritable fascination. Un sourire faussement doux qui finissait par dévoiler sa véritable nature quand on le regardait longtemps. Il devenait aussi froid, aussi cruel que celui, imaginé, de la Gorgone. En même temps, il lui rappelait le sentiment qu'il avait éprouvé devant la fixité du regard de Saint Trémeur sous le porche de l'église de Carhaix, et qu'il associait au souvenir de la vieille femme de la fontaine. En réalité tout ce qui, pour lui, donnait l'impression de venir de l'au-delà.

Il lui arrivait encore, malgré ses dix ans, quand il

était au grenier, d'être dérangé par le fantôme. Brusquement, une sensation indéterminée et furtive. La panique le prenait alors et il redescendait l'escalier du grenier quatre à quatre, franchissant d'un saut le repaire du fantôme, après quelques mètres dans le couloir, il se jetait dans le grand escalier, passait devant la femme Hiver : la limite psychologique. Une fois sur le palier, hors d'atteinte il ralentissait pour ne pas avoir l'air hagard en arrivant dans la cuisine où il espérait retrouver sa mère.

Elle faisait comme si elle ne se rendait compte de rien. Julien savait pourtant qu'elle se doutait de l'endroit d'où il venait, elle devinait toujours tout, le moindre de ses gestes, l'intonation de sa voix, les mots qu'il se croyait obligé de dire, les airs qu'il sifflait pour prendre l'air dégagé, étaient autant d'indices qui permettaient à sa mère de percer ses secrets.

Le doute et l'espoir sont des sentiments étroitement liés qui vivent et se nourrissent l'un de l'autre. Quand le doute se sépare de l'espoir, il devient certitude.

Plusieurs mois s'étaient écoulés depuis le retour des derniers déportés et il n'y avait toujours aucune nouvelle de tonton Jacques. L'espoir s'amenuisait et on commençait à craindre le pire. Mais il y a des choses que l'on ne veut pas voir en face. Son chapeau était toujours accroché dans le couloir, Julien passait devant quand il allait voir son cousin. Certains jours, Yves l'emmenait dans un voyage à travers la maison qui n'était autre, il s'en rendit compte plus tard, qu'une quête de son père. D'abord le bureau, au premier étage, des rayonnages pleins de livres, des photographies de chevaux, la grande passion de son père. Sa table de travail, sur laquelle était posé le képi de commandant médecin qu'il avait autrefois porté. Sa quête les conduisait ensuite dans son cabinet de consultation au rez-de-chaussée, de là, ils passaient dans la clinique, univers froid et abandonné de carrelage et de métal. Dans la salle d'opération, où ils restaient un moment, désemparés sans autre but que de regarder sans voir des vitrines où étaient rangées les instruments de chirurgie. Ils passaient dans les chambres vides, murs aux peintures craquelées et lits rouillés.

Après en être sortis, ils traversaient le jardin en passant par le tennis, devenu leur champ de tir, ils entraient dans le garage et prenaient place à bord de la traction gris métallisé aux sièges recouverts de velours rouge. Yves se mettait au volant. Ils restaient silencieux, Julien était là, mais c'était son cousin qui voyageait en suivant une route qu'il était le seul à voir.

Julien gardait un souvenir ambigu de ses relations avec son oncle. Après l'histoire de Carantec quand il était venu les chercher, Adrienne et lui, et l'avait piégé, Il avait eu l'impression de se trouver en face d'une force contre laquelle il ne pouvait rien, il n'avait que cinq ans mais jusque-là, il était habitué à ce qu'on lui cède toujours. Ce jour-là, il avait détesté cet oncle qui pour lui, était un ennemi. Les choses ne s'étaient pas arrangées quand, à Carhaix, il lui avait arraché une dent, par surprise. Ce rapport de force, cette impuissance face à cet homme autoritaire, avaient été très difficile à accepter.

Une autre fois, en revanche, il avait été bien content de le trouver sur son chemin, son père absent, il s'était coincé la tête entre deux barreaux du grand escalier du Château Rouge. Tout le monde s'énervait autour de lui, son oncle que l'on avait été chercher, l'avait dégagé de sa position inconfortable en quelques mouvements précis.

Enfin, un jour qu'il y avait dans son salon des gens indésirables qui ne partaient plus, tonton Jacques les avait fait appeler, Adrienne et lui, et leur avait proposé un marché, une pièce de vingt sous s'ils rotaient et de quarante s'ils pétaient devant eux. Le résultat avait été presque immédiat, les gens étaient partis.

Julien se souvenait aussi de son élevage de chevaux au Château du Tymeur. Aujourd'hui, il lui arrivait encore, parfois, de rencontrer des gens qui l'avaient connu et se souvenaient de sa haute stature à la fois physique et morale. Quant à lui, malgré ses mauvais souvenirs du début, il se rendait compte au fil du temps, qu'il avait finalement pour lui une profonde affection.

Quelques jours après la Toussaint, le vent passa au nord puis à l'est. Le froid s'installa. Leur père dut insister auprès de leur grand-mère toujours économe et même radine pour que l'on mette la chaudière en marche. En rentrant de l'école, Julien entendit un ronronnement qui venait du fond de la cave, à côté de l'endroit où « Barbe Bleue » avait suspendu ses femmes à des crochets de boucher. Il faisait toujours aussi froid dans la maison mais une odeur de poussière chauffée sortant de la toile tendue sur les murs donnait presque une impression de confort.

Dehors, le froid avait préparé le terrain en durcissant le sol. Le ciel devint uniformément gris, les premiers flocons se mirent à tomber, espacés d'abord, puis de plus en plus serrés, droits, obliques, tournoyant, de nouveau tout droit. Des gens passaient dans la rue sans que leurs pas fassent le moindre bruit. Une automobile roulait à faible allure, laissant des traces bientôt recouvertes.

La nuit vint plus tôt, on entendait toujours le bruit silencieux que la neige faisait en tombant. Julien colla son front sur la vitre glacée, la neige tourbillonnait autour d'un réverbère de l'autre côté de la rue. Il entrouvrit la fenêtre, un souffle de vent fit entrer quelques flocons dans la pièce.

Le lendemain, il ne neigeait plus, le soleil brillait.

La neige s'était accumulée sur le rebord des fenêtres et des balcons. De l'autre côté de la grille, on pouvait voir de longs sillons laissés par de rares véhicules et parfois, une silhouette grise à la démarche incertaine.

Pas question d'aller à l'école par un temps pareil. Avec Adrienne, ils firent plusieurs sorties dans le parc. La neige s'était amoncelée sur les branches, sur l'herbe et sur les arbustes, les transformant en plantes extraordinaires. De légers coups de vent détachaient de la poussière de neige des hautes branches, laissant croire qu'elle se remettait à tomber. Dans l'escalier et les couloirs glacés du château les grandes fenêtres déversaient des nappes de lumière à côté d'immenses puits d'ombre. Les femmes paraissaient transies. Leur visage restait impassible comme toujours, mais leur peau était devenue blême et la clarté réfléchie de la neige, mettait leurs mutilations en exergue.

Ils s'amusèrent des difficultés des passants dans la rue. Vers midi, Coent, le mandataire de la S.N.C.F. remonta de la gare avec sa charrette pleine de colis tirée par des chevaux dont les sabots dérapaient sur les pavés gelés. La pente plus marquée devant le château, les fit presque tomber à plusieurs reprises, ils paniquaient, hennissaient et se cabraient sous les coups de fouet du cocher aussi paniqué qu'eux.

— « Crois-tu que la neige va tenir » ? c'était la grande question.

Mais en Bretagne, elle ne reste jamais bien longtemps. Deux ou trois jours, tout au plus, huit, c'est exceptionnel. Le vent d'ouest survient, chargé de tiédeur et d'humidité. Il a raison du froid en quelques heures. Il fait tomber des masses de neige amoncelées sur les toits et sur les branches, provoquant des ruissellements sur les terrains en pente, laissant apparaître de grands espaces de terre. La gadoue transforme cet univers un instant immaculé en véritable débâcle.

Février 1946. Les gens n'avaient pas fêté Mardi Gras depuis six ans. Un défilé de chars, parti de la gare, remonta la rue principale, cela voulait dire qu'il allait passer devant le Château Rouge, précédé par la fanfare et suivi par la population qui venait grossir le cortège au fur et à mesure de sa progression à travers la ville. Pour la circonstance, Julien s'était déguisé en cow-boy. Quelle idée !!! Adrienne en bohémienne, c'était son déguisement favori.

Ils rejoignirent le défilé alors qu'il passait devant le château, décision qu'il regretta aussitôt, se trouvant grotesque dans sa tenue et prenant conscience qu'il s'était pris au piège tout seul et que désormais il était obligé de suivre le cortège jusqu'au bout.
Adrienne beaucoup plus à l'aise monta sur un char. Lui, prit la décision de marcher à côté, un peu à l'arrière, protégé des regards au moins d'un côté. A son grand désespoir, le cortège s'arrêtait souvent. Des farandoles s'organisaient, entraînant les gens dans les magasins et les bistrots, des mains essayaient de l'agripper, mais il résistait en s'accrochant au char.

Certains participants portaient des masques, d'autres pas. Certains riaient et s'amusaient, d'autres avaient l'air très sérieux. Tout le monde chantait des refrains populaires, ceux d'avant la guerre. C'étaient probablement les mêmes qui, au lendemain de la libération avaient accompagné la charrette des femmes tondues à travers les rues de la ville, en leurs criant des injures.

Une rengaine revenait régulièrement; « Mardi-gras est mort dans les Côtes du Nord, il faut qu'on l'enterre dans le Finistère... Trois petits chiens, trois petits chats à la noce...à la noce... Trois petits chiens, trois petits chats à la noce de Mardi-gras ». C'était débile. Il finit par faire semblant de chanter mais ne trouvait aucun intérêt à ces mots incohérents.

Après avoir traversé la ville, le défilé descendit dans le quartier bas où un mannequin de paille fut jeté dans la rivière du haut du pont et s'en alla au fil de l'eau entraîné par le courant. C'en était fini de la divinité populaire, revenue parmi la population, l'espace d'un après-midi, sous prétexte de carnaval et sous la forme d'un clown de paille jeté à l'eau comme si l'on voulait se débarrasser d'un porte-malheur.

Lorsque « Bia » quittait son étude, il traversait le rez-de-chaussée comme une ombre, marchant sur une suite de tapis, on entendait à peine s'ouvrir et se refermer les portes sur son passage. D'abord ce qui avait été autrefois le grand salon et où il ne restait plus que le cadavre du piano et le fauteuil « Le loup et l'agneau », ensuite, l'ancienne salle à manger devenue chambre à coucher.

Julien le rencontrait dans le couloir entre la petite salle à manger et la cuisine où désormais ses grands-parents dînaient. La rencontre était devenue une habitude. Il apparaissait soudain dans l'embrasure d'une porte, tel un fantôme, visage maigre, cheveux blancs
— Julien mon fi... Que fais-tu là !

Ce n'était pas une question. Il lui prenait les deux mains pour lui montrer combien les siennes étaient froides et lui donnait un baiser furtif sur le front. Il avait préparé une devinette, une charade, un rébus ou une formule de mots croisés.

— « Encore loin sur le chemin des étoiles ». En dix lettres.
— Je te laisse chercher !

Un ami de Joël, industriel dans le nord annonça sa visite. Il devait venir avec sa femme. Leur grand-mère qui n'aimait pas les visites, aurait préféré éviter cette rencontre. Dans un certain sens, on pouvait la comprendre, les choses étaient rangées dans sa tête et elle n'avait peut-être pas envie d'en changer l'histoire, elle avait sans doute trouvé une sorte de confort dans la tristesse qui, elle aussi a sa routine, une sorte de mal-être familier. Elle ne pouvait pas refuser. Devant son embarras, la mère de Julien décida de s'occuper du repas.

Ils arrivèrent un peu avant midi. L'ami de Joël était avec lui à Saint-Valéry-en-Caux au moment où il avait été tué. Son récit se résuma à quelques phrases souvent inachevées, suivies de silences. Pour lui aussi la situation devait être difficile. La journée sembla interminable. La mort et les circonstances qui l'entourent ne sont pas des sujets de conversations faciles. Des mots que l'on voudrait dire. Des mots que les autres attendent mais que l'on n'arrive pas à formuler.

La complicité qui existait entre Julien et son père s'était forgée au cours des années de guerre, durant lesquelles ils avaient été presque tout le temps ensemble, partageant des situations qu'ils avaient toujours en tête même s'ils n'en parlaient plus jamais.
Son père se comportait avec lui comme avec un adulte, c'est en tout cas l'impression qu'il semblait vouloir lui donner.

Si « Bia » communiquait avec Julien à travers un mur de rébus, de charades ou de devinettes, son père qui sans doute n'aimait pas l'affrontement direct, se servait de paraboles dans lesquelles, il l'avait compris relativement tôt, il était censé se reconnaître ou reconnaître une situation proche de celle qui correspondait au cas présent.

Dans ces conditions, on l'imagine, les choses

n'étaient jamais très simples. Après un dédale de nuances, de silences, d'impressions fugitives, Julien voyait soudain où son père voulait en venir. La situation ainsi exposée si l'on peut dire, après toutes ces précautions oratoires, une solution était envisagée sans qu'aucune parole ne le concerne directement. A lui d'en faire son profit ou pas. Par la suite, si son comportement montrait qu'il avait bien capté le message, il avait droit à un sourire entendu ou à un clin d'oeil.

Son père n'imposait jamais rien, mais Julien comprit très tôt que l'estime dans laquelle il semblait le tenir ne dépendait que de lui. Un chantage sans issue.
Pour l'école, il n'était pas d'une grande rigueur. Le matin, quand il faisait mauvais temps, Julien entendait son pas depuis l'autre bout du couloir. Son père frappait à la porte de sa chambre.
— Mon petit Julien, je ne sais pas si tu as entendu, il fait un temps de cochon. Si j'étais à ta place, je crois que je resterais au lit !

Sa mère ne partageait pas cette façon de voir, mais avait renoncé depuis longtemps à intervenir. Quand à lui, trop content sur le moment de marcher dans la combine, il restait déambuler toute la journée à travers des pièces froides et des couloirs sombres, avec souvent pour seule compagnie les femmes de l'escalier, ne tirant pas vraiment profit d'un bonheur qui restait mêlé à un sentiment de culpabilité et à l'idée qu'il faudrait trouver une excuse dont personne ne serait dupe quand il retournerait à l'école.

En dehors de la chasse et de tout ce qui s'y rapporte, les thèmes favoris abordés par son père, quand ils parlaient ensemble étaient : la vanité, l'orgueil, le courage, la peur, l'acte gratuit.

Hervé aimait les gens et souvent leur trouvait des

qualités qu'ils n'avaient peut-être pas, mais qu'importe, il aimait les voir ainsi malgré ses désillusions des dernières années. Il les classait en catégories de « type bien », de « sacré bonhomme », de « sacrée bonne femme » ou de « type épatant ». Il y avait des nuances et des différences notables dans cette typologie, encore fallait-il pour s'en rendre compte, connaître le code. Il voulait que les gens soient comme il les voyait, et peut-être l'étaient-ils. Il était à la fois acteur et spectateur d'une comédie humaine qu'il arrangeait à sa façon pour n'en voir que les bons côtés. Après réflexions, peut-être n'était-il pas dupe lui même de ses mises en scène.

Lorsque Julien l'interrogeait sur les héros, la guerre, cette grande pourvoyeuse faisait son entrée avec ses attributs habituels, le courage et la peur. Les héros défilaient, les uns après les autres. Les héros connus et les héros inconnus, les héros volontaires et les héros malgré eux, les héros qui font carrière et les héros de l'occasion, les héros ordinaires, les héros révélés et ceux qui ne l'étaient pas, les héros en statue et ceux qui n'en avaient pas, les héros vivants, les héros morts et tous les autres. Le sujet était vaste et ils avaient des conversations interminables. Parfois les antihéros faisaient leur entrée, eux aussi avaient prospéré pendant les années noires.

Hervé organisait chaque année un spectacle avec ses amis de l'amicale laïque. Il était lui même acteur dans une comédie. « Knock ou le triomphe de la médecine ». « Le lycée Papillon ». Julien et ses soeurs l'accompagnaient les soirs de répétitions.

La laïcité n'était pas leur seule base d'éducation, leur mère qui était croyante, les avait inscrits aux cours de catéchisme qu'ils suivaient à la chapelle Sainte Anne, rue Brizeux. Leurs soutiens moraux, si l'on pouvait les appeler ainsi, étaient très éclectiques : le chant des partisans, l'hymne à l'école laïque et quelques prières à Marie. Leur père avait dit que plus tard, ils seraient libres de choisir.

Après les années qu'ils venaient de vivre, les cours de catéchisme n'avaient pas convaincu Julien de l'existence d'un dieu de bonté et de miséricorde. Ses démons de Kerdeleau; l'Ankou, les lavandières de la nuit et la wrac'h coz, ces séquelles de croyances primitives ou ces réminiscences d'une mémoire archaïque qui l'avaient fait vivre avec ses paradoxes dans un monde imaginaire qui autrement aurait été ordinaire et peut-être ennuyeux, n'étaient plus d'actualité. En bon incroyant, il fit sa communion solennelle en même temps qu'Adrienne, au terme d'une retraite de trois jours qui les assurait d'une bonne imprégnation de la foi chrétienne.

Ils sont photographiés tous les deux devant une porte fenêtre du Château-Rouge, côté jardin. Adrienne porte une robe de communiante, lui, un brassard. Derrière la vitre, on aperçoit le visage de « Bia ».

La rivière arrive par l'est et contourne la ville par le nord en décrivant un vaste demi cercle. Elle passe sous le pont de Sainte Catherine, bâti bien avant l'arrivée des romains, sur un gué qui s'élargit ensuite pour former une grande étendue d'eau peu profonde. La voie romaine franchit le pont, mais ne mène plus nulle part. A la sortie du pont, une chapelle dédiée à Sainte Catherine a été édifiée au XVIème siècle à la place d'une chapelle plus ancienne, elle-même construite en remplacement d'un temple païen.

Les vertus chrétiennes ont affronté, à cet endroit, les dieux celtes qui se sont plus ou moins métamorphosés en saints bretons que l'église de Rome n'a pas reconnus mais qui sont quand même entrés comme par enchantement dans la nouvelle liturgie.

Adaptation, composition, sens des réalités, chaque année, le pardon de Sainte Catherine d'Alexandrie d'Egypte était la célébration de la confrontation de ce doux et parfois cruel mélange de croyances, sans que l'on cherche à savoir lesquelles avaient en définitive pris le dessus.

L'eau continue de couler sous le vieux pont, elle emporte avec elle ce qui reste des ferveurs passées. Sainte Catherine, dans la chapelle, était représentée couronnée, tenant dans la main gauche une épée, une palme à la main droite et foulant aux pieds l'empereur Maximilien qui se tient la barbe. Elle s'appuie sur une grande roue hérissée de pointes, un symbole pour indiquer qu'il s'agit bien de Sainte Catherine d'Alexandrie.

Elle n'est plus là, on n'a pas voulu la laisser au milieu d'une telle solitude, au bout du vieux pont, loin désormais des manifestations qui la célébraient. Elle a trouvé refuge dans la chapelle Sainte Anne, rue Brizeux, au centre de la cité, avec d'autres saintes venues de chapelles environnantes, que l'on a également désiré protéger de l'oubli et des risques qu'elles couraient en restant seules et sans défense dans un pays laissé parfois aux mains de mécréants.

Après le pont, l'eau court sur des galets en faisant s'étirer de longues herbes et des renoncules d'eau qui ondulent au gré du courant. Plus loin, les berges sur lesquelles poussent des aulnes, des osiers et des bouleaux se resserrent, la rivière devient profonde. C'est le coin des libellules et des éphémères, un lieu riant et sombre, calme et doux à l'image de l'eau qui court et puis s'endort.

En été, ils allaient se baigner au Moulin Ezech, à une lieue à l'est de la ville. Du moulin, il ne restait que le nom. Ils marchaient longtemps sur l'ancienne voie romaine, couverte en été de flaques de boue craquelée qui se pulvérisait sous leurs pas. Ils faisaient une halte pour couper un bâton de noisetier. L'air sentait le chèvrefeuille, il faisait chaud.

    Au bout de la course, il suffisait de passer un talus, l'eau était à quelques pas, coulant dans les joncs et les roseaux. Instant magique, lieu de rupture où brusquement la terre et l'eau se rencontrent. Joie et appréhension, eaux profondes, troubles et inquiétantes, exhalant au soleil des odeurs d'herbe mouillée et de terre en décomposition. Délices indicibles où l'être primitif, tactile et sensitif renaît, où le temps de son immersion, il devient amphibie, reptile ou poisson.

    Yves plongeait, ressortait quelques mètres plus loin, disparaissait de nouveau pour réapparaître aux endroits les plus inattendus. Adrienne semblait aussi être dans son élément. Julien était moins téméraire. Passées les premières émotions, le nez et les oreilles remplies d'eau boueuse, il se rassurait en touchant du pied le fond de la rivière, un fond improbable, fait de tourbe et de galets glissants. Il se crispait pour tenir la tête hors de l'eau, obligé d'admettre qu'il n'était pas un poisson.

    Ils ressortaient de l'eau, deux ou trois sangsues collées à la peau, ils se séchaient à la hâte, grelottaient en mangeant une tartine de pain beurré avec une barre de chocolat. Le soleil était moins haut. Des libellules passaient d'une herbe à l'autre. Une poule d'eau reprenait possession de son domaine. Ils quittaient à regret ce domaine hybride et magique. Quelques instants plus tard, ils avaient de nouveau les pieds sur terre, le sol craquelé de la voie romaine.

    La chasse avait repris. C'était le sport favori de son père et aussi de son grand-père Marty qui, pour chaque partie de chasse annoncée, arrivait la veille par le train, la grand-mère de Julien l'accompagnait et restait à la maison avec sa mère.

Le terrain de chasse que son père partageait avec son ami Robert, se trouvait à une dizaine de kilomètres et pour cette occasion, il empruntait la traction de tonton Jacques.

Georges, qui se remettait lentement de son séjour en camps de concentration, les accompagnait. Ils prenaient la route du Moulin du Roi et longeaient la rivière. A cet endroit, elle a terminé sa boucle autour de la ville, elle est large, calme et profonde, bordée de peupliers. Un peu plus loin, elle abandonne sa vie de rivière, pour venir grossir les eaux du canal de Nantes à Brest, à quelques centaines de mètres en aval de Port de Carhaix. Ils traversaient le canal par le pont qui mène à Saint-Hernin, tournaient à droite et passaient par une grande allée de thuyas, pour aller chercher Robert au château du Kergoat.

Après avoir bu une tasse de café, ils repartaient pour la chasse qui était à cinq minutes de là. L'épagneul breton de Robert était plus adapté à la chasse à la perdrix, qu'Uzelle leur grand setter gordon qui avait l'habitude de chasser un peu loin, mais qu'ils emmenaient malgré tout. Le matin, ils chassaient dans les chaumes. Les blés coupés le mois précédant crissaient sous les pieds. Ensuite ils passaient dans des champs de luzerne, de trèfle, de genet, mouillés par la rosée du matin. Les chiens, devant, s'affairaient, humant le vent, flairant le gibier. Une compagnie de perdrix s'envolait dans un crépitement métallique. Les chasseurs faisaient feu, ils tiraient bien, des oiseaux tombaient.

— Cherche...Apporte !
— Bravo ! Tu es un bon chien !

Sensible aux compliments, le chien remuait la queue. C'était à Julien qu'incombait la tâche de porter les oiseaux tués. Il éprouvait un sentiment d'écoeurement et de tristesse. La mort d'un animal le désespérait. Très vite, le corps se raidissait, la tête ballottait encore un moment, puis à son tour, le cou devenait rigide. Julien avait ça en horreur mais allait quand même à la chasse pour être avec son père et, paradoxalement, éprouvait un sentiment de fierté, car il tirait bien. Après un vol en droite ligne, les rescapées de la compagnie viraient d'un côté ou de l'autre et allaient se poser à deux ou trois champs de là.

    Le scénario recommençait, le chien marquait l'arrêt, les chasseurs avançaient, les perdrix s'envolaient. Parfois elles se séparaient et allaient remiser dans des taillis, des buissons ou des haies doubles. Les chasseurs les laissaient, ils n'étaient pas des exterminateurs et le gibier ne manquait pas, la guerre avait été pour lui une période de paix.

Aux environs de midi, ils revenaient à la voiture pour mettre le gibier dans le coffre et ils cassaient la croûte, appuyés contre un talus; du pâté, des oeufs durs, une pomme ou deux. Ils profitaient de la pose pour défaire leurs souliers. Quand le soleil est haut, les perdrix recherchent les endroits humides. L'après-midi, ils chassaient dans des champs de betteraves ou de choux. L'Epagneul qui n'est pas un grand chien disparaissait sous les feuilles mouillées, quand on le voyait de nouveau, il était trempé et plein de terre.

    Le Château du Kergoat, propriété de Robert de Boissier, avait eu un passé agité. Autrefois l'une des places fortes les plus importantes de Bretagne, il avait été attaqué par plus de six mille hommes, au moment de la révolte des « Bonnets Rouges ». En l'absence du seigneur des lieux, son intendant et plusieurs autres serviteurs, furent massacrés.

    Par la suite, le château avait changé plusieurs fois de main. Robert en avait hérité d'un oncle qui en avait fait une exploitation agricole modèle.

Du château, il ne restait pas grand-chose, des douves à moitié comblées, deux pigeonniers à l'entrée, au bout de la grande allée de thuyas, attestaient de son importance. Un manoir avait été bâti au 19eme siècle à l'emplacement de la forteresse incendiée par les révoltés. C'était une grande maison triste et sombre. Quand ce n'était pas jour de chasse, Robert les faisait entrer dans une salle à manger dont il ouvrait les volets, sa femme restait dans la cuisine. La pièce sentait le renfermé et le moisi. D'un gros bahut Louis XIII, il sortait des petits verres en cristal dans lesquels il servait à ses invités de l'eau de vie du Kergoat.

Le contraste était saisissant entre l'homme et sa demeure. De taille moyenne, assez rond, les yeux rieurs, Robert était toujours gai ou feignait de l'être. Il avait conservé à quelques centimètres du coeur, un éclat d'obus, souvenir de la guerre de 14-18 qui le tenait en sursis et, à la fin de la dernière guerre, résistant, il s'en était fallu de peu qu'ils ne soient, lui et sa femme, fusillés par les allemands. Ils n'avaient dû leur salut qu'à l'arrivée, au dernier moment, d'un groupe de maquisards.

Le corps de Joël qui avait été enterré au pied du mur d'un château à côté de Saint-Valéry-en-Caux fut ramené à Carhaix et arriva par le train du soir. Le lendemain, le cercueil fut exposé dans le hall du Château Rouge dont la porte resta ouverte.

Le premier visiteur fut un rouge-gorge qui se posa sur le cercueil. Court instant de bonheur triste pour la grand-mère de Julien qui, dans son désarroi, se souvint que lorsque Joël faisait du jardinage, il y avait toujours un rouge-gorge dans les parages.

L'enterrement eut lieu le surlendemain. La famille traversa la ville à pied, derrière un corbillard recouvert de draps noirs décorés de larmes d'argent et tiré par deux chevaux. Ses grands-parents marchaient en tête du cortège avec ses parents et tante Claudie. Derrière, Adrienne, Lucie et lui. Derrière eux, un grand oncle et un homme qu'ils ne connaissaient pas parlèrent pendant tout le trajet, du cours des produits agricoles.

Après une halte à l'église Saint Trémeur, où une messe fut dite, le cortège reprit sa route en direction du cimetière. On descendit le cercueil dans une tombe creusée à côté de celle de « Petit Claude » et à quelques pas de celle de W.J. Freedan.
De retour à la maison, la famille se réunit, sans « Bia » retourné à son étude.

On évoqua des souvenirs. Il était mort depuis six ans, mais il aurait toujours vingt cinq ans. Les morts ne vieillissent pas. Julien ne savait pas ce qu'il espérait trouver dans sa chambre où il monta dés le lendemain. Rien n'avait bougé ! La frontière entre le monde des vivants et celui des morts n'était pas encore nettement définie dans son esprit.

Un conte de Paul Féval, où il est question d'un croisé qui, au retour de terre sainte, retrouve sa demeure après des années d'absence et où seul son chien le reconnaît, lui trottait par la tête. Dans l'histoire, volontairement ambiguë, l'auteur laisse au lecteur la liberté de penser que le croisé est vivant ou qu'il est mort.

La maison que leurs grands-parents Marty avaient louée à Morlaix après la libération, se trouvait au milieu d'un grand jardin clos de murs planté d'arbres fruitiers. Malgré toutes les prédictions optimistes annoncées par les cartes quand ils étaient à Kerdeleau, leurs immeubles de Brest (peut-être fallait-il y voir une analogie avec un château de cartes), s'étaient effondrés sous l'effet des bombardements et des derniers assauts des chars américains. Ils vivaient depuis d'une allocation d'attente.

Leur grand-mère qui était une femme de ressource,

avait ouvert un magasin d'antiquités au bas de la rue Gambetta dans lequel elle avait commencé par vendre des meubles et des objets personnels sauvés du désastre. Ensuite, elle s'était mise à acheter pour vendre, parfois des choses cassées, car elle n'avait pas une très bonne vue. Leur grand-père, très adroit, réparait les meubles, mais aussi les faïences et les porcelaines, grâce au fameux « Ciment de la Victoire ». Julien l'aidait quand ils étaient chez eux en vacance et qu'il y avait des motifs à repeindre et, lorsque sa grand-mère achetait une croûte dans un beau cadre, elle lui demandait de faire une peinture par dessus. Julien peignait un paysage d'Italie et toujours à sa demande, signait d'un nom italien, (après tout, il s'appelait bien Juseppe), une oeuvre dont il n'était jamais très satisfait mais qu'elle vendait bien sans vraiment la voir, peut-être pour cette raison.

Les affaires prospérant, ils avaient acheté une Rosengard d'occasion, avec laquelle leur grand-père les emmenait voir la mer à Carantec. En été, ils ramassaient des fruits qu'ils allaient vendre aux halles. Leur grand-mère rentabilisait toujours tout, même s'il ne s'agissait que de petits sous que, de toute façon, elle distribuait ensuite généreusement. Elle était désordonnée à la maison comme dans les affaires, mais « faisait rentrer de l'argent », comme elle disait. Leur grand-père rangeait et mettait de l'ordre dans les comptes.

« Jaco » qui, jusque là, était toujours venu en « Spit-fire », atterrit cette fois à Ploujean en « Dominé », un petit avion de transport. D'habitude, en le raccompagnant à Ploujean, ils devaient s'allonger sur les ailes du « Spit-fire » pour augmenter son poids, pendant que le pilote faisait un « point-fixe » pour faire chauffer le moteur. Pour le Dominé, cela n'était pas nécessaire et « Jaco » les emmena faire un tour au dessus de la baie de

Morlaix. Ce n'était qu'un avion de transport, sans confort, le seul siège étant celui du pilote, ils devaient se tenir debout accrochés à des barres fixées sur les côtés de l'appareil. Pour eux, ce fut quand même le baptême de l'air.

Les bécasses arrivent un peu avant novembre. Elles viennent du nord, annonçant le froid et recherchent des terres humides et meubles qu'elles peuvent fouiller en quête de nourriture; des taillis clairs, voisins de sources tièdes ou de mares, des haies doubles, des oseraies, des buissons. Leur plumage est grivelé de noir et de jaune, et à terre, elles ressemblent à des feuilles mortes au milieu desquelles elles se blottissent.

Leurs habitudes sont régulières. Quand le jour décline, elles quittent les taillis pour aller dans des endroits marécageux et au point du jour, avant de rentrer dans les buissons, elles se rendent sur les bords des ruisseaux pour se nettoyer les pattes et le bec.

Robert possédait une terre à bécasses dans la Montagne Noire, un lieu désert partagé entre roches et tourbières, parsemé d'herbes jaunes et de fougères. Les arbres étaient rares. Des squelettes d'aubépine et de saules structuraient le paysage où seuls des houx et des pins apportaient quelques notes vert foncé. Sur cette terre triste et silencieuse, on entendait seulement le grelot d'Uzelle en quête de gibier.

Quand le son métallique cessait, c'était le signal, elle était en arrêt. Julien, à force de chasser avec son père, connaissait bien les bécasses, il savait où elles se cachaient et faisait des prières pour qu'Uzelle n'aille pas dans leur direction, hélas ; elle les connaissait aussi bien que lui, et il devait apprendre à vivre avec ses contradictions. Le moment qu'il préférait, c'était l'heure où le givre blanchit les herbes rases qui craquent sous les pas, le moment où des araignées invisibles tendent leurs toiles entre les fougères et les branches des arbustes. A Noël, son père lui offrit : « Récits d'un chasseur », de Tourguenief.

La bibliothèque occupait la partie centrale du premier étage. C'était une grande pièce glacée orientée au nord, où le soleil ne pénétrait jamais. Le Sphinx y régnait en maître. Une tapisserie verte recouvrait les murs, le grand tapis était vert ainsi que le tissus, qui recouvrait les sièges. Un vert passé, usé, parfois agrémenté d'abeilles. Au centre de la pièce, un peu décalés vers les fenêtres, deux grands bureaux en acajou se faisaient face. A chaque bout de la pièce, d'immenses bibliothèques également en acajou, décorées des attributs en bronze de l'Empire, étaient pleines de livres sauvés de la barbarie. C'était la seule pièce que ses grands-parents avaient eu le temps de déménager et qu'ils avaient fait remettre à peu prés dans son état quand ils étaient revenus au château. A côté de la cheminée, une statue de l'empereur, en noyer foncé, presque grandeur nature, donnait l'impression que la pièce était habitée. Un portrait de Bonaparte à Eylau et des gravures représentant ses principales victoires étaient accrochées au mur ainsi qu'un portrait de La Tour d'Auvergne.

On pouvait se demander pourquoi une telle vénération pour l'empereur dans une maison où soufflait plutôt l'esprit de Voltaire ? Un grand oncle était mort à Wagram, mais personne dans la famille ne pouvait en donner le nom à Julien. Son grand-père le connaissait probablement, mais leur mode de communication par rébus interposés ne lui facilitait pas la tâche quant aux questions qu'il aurait aimé lui poser. Napoléon avait offert une épée d'honneur à La Tour d'Auvergne, le héros de la ville, et l'avait fait « Premier Grenadier de France » mais était-ce un motif suffisant pour expliquer une telle passion pour le style empire qui restait donc un mystère.

Apparemment, personne n'était entré dans la pièce depuis la libération. A croire que les livres y avaient été replacés pour ne plus jamais être lus et il avait fallu un an à Julien pour qu'il en ouvre la porte pourtant située presque en face de celle de sa chambre, il la croyait interdite.

Après avoir passé beaucoup de temps à sonder le vide du deuxième étage et à fouiller dans les archives du grenier, il y fit une première incursion. Le sentiment d'interdit qu'il éprouvait se dissipa progressivement, il prit même l'habitude d'y amener des documents.

Derrière les vitres des bibliothèques, il découvrit des noms et des mondes inconnus. Montaigne, Pascal au hasard, ils étaient à portée de main. Voltaire, Chateaubriand, la Famille Fenouillard, Rousseau, le Sapeur Camembert, Walter Scott, le Capitaine Fracasse, Conan Doyle, Maurice Leblanc, Don Quichotte. Il ouvrait certains livres qu'il lisait avec passion, il en refermait d'autres à la deuxième page, il lisait beaucoup de titres, sans prendre la peine d'ouvrir le livre, ou en remettant l'idée à une autre fois. Il était peut-être lui aussi un barbare !

En investissant la bibliothèque, son territoire et en même temps son univers s'étaient considérablement agrandis. Il passait de longues heures à lire, à rêver et aussi à regarder les gens qui passaient dans la rue.

Le silence était parfois rompu par la voix d'Adrienne. On l'entendait de loin. Le Chant des Partisans raisonnait soudain. « Ami entends-tu le vol noir des corbeaux dans la plaine...Ohé !!! Partisans, ouvriers et paysans c'est l'alarme...Demain l'ennemi connaîtra le prix du sang et des larmes... ». Julien était particulièrement sensible au vol noir des corbeaux dans la plaine qui lui rappelait celui des choucas passant le soir au-dessus de Kerdeleau, pour aller se percher dans les grands arbres du côté de Guerlesquin. La voix reprenait mais Adrienne avait changé de registre. Elle chantait : « c'est la romance de Paris, au coin des rues elle fleurit... ». Elle avait une voix étonnante.

A d'autres moments c'est un air d'opéra qui traversait les murs. Werther l'avait souvent surpris au grenier, alors qu'il observait la dentelure de Cérès ou la cruauté du visage de l'ange de Reims. Au second étage, alors qu'il essayait de débusquer l'entité, la Damnation de Faust avait parfois surgie, rompant le charme. Cette fois, il n'était plus séparé de la voix de Beniamino Gigli que par la largeur d'un couloir. Il devinait son père, debout dans le salon devant un vieux phono, écoutant un de ses opéras préférés.

Hervé avait d'autres idoles. A l'époque où il était aux Arts Déco, il avait fait un portrait de Maurice Chevalier et l'avait exposé dans la vitrine d'un grand magasin. La vedette s'était arrêtée et avait laissé sa carte de visite avec ses « Félicitations à l'artiste », depuis c'était « un type épatant », au même titre mais pour d'autres raisons que le champion de boxe Georges Carpentier, Sacha Guitry ou Louis Jouvet.

A douze ans, on ne peut pas rester tout le temps enfermé dans une bibliothèque. L'idée de jouer au tennis avait toujours été plus ou moins présente dans la tête de Julien. Des photos de sa mère jouant au tennis à Morgat ou sur un court de Carantec avant la guerre traînaient dans les tiroirs, et sa raquette comme sa boite de couleurs les avaient suivis dans tous les déménagements. En plus, il avait trouvé dans le bureau de son père un livre de Lacoste.

Il demanda à sa tante l'autorisation de remettre en

état le fameux court de tennis. Certains lieux sont plus importants que d'autres, on pourrait dire que ce court de tennis fut pour lui un lieu fondateur. C'est là qu'il est photographié avec Adrienne, Yves et le bonhomme de neige en 1938. C'est là que les S.S. attendaient Georges et c'est le lieu qu'ils avaient choisi comme champ de tir.

    La victoire des Mousquetaires avait donné envie aux gens de pratiquer ce sport, c'est à cette époque que tonton Jacques avait fait construire un court dans son jardin et s'était mis à jouer au tennis entraînant avec lui un groupe de notables de la ville. On les voit sur des photos, en pantalons longs, bretelles, canotier sur la tête.

    A deux ou trois reprises, Julien réussit à organiser des rencontres avec quelques-uns de ces rescapés d'avant guerre, des doubles qui avaient rapidement tourné en chasse aux papillons. Au début, Yves fut son partenaire mais il frappait beaucoup trop fort et sans beaucoup de discernement. Adrienne jouait aussi et sa mère, qui avait été classée, acceptait de faire quelques balles de temps en temps. Il jouait avec sa « Darsonval » et Yves avec la « Tunmer » de son père.

    Tout le monde disait que Georges avait été un très bon joueur avant la guerre. Julien en avait parlé avec lui à la chasse et lui avait fait quelques appels discrets pour le décider à échanger quelques balles avec lui. Georges était évidemment beaucoup plus fort, mais il le fit jouer et lui donna quelques conseils. Julien allait souvent le chercher chez son grand-père, tailleur en haut de la rue des martyrs, là où il avait échappé une première fois aux allemands. Il avait l'impression que ça l'embêtait un peu, mais Georges ne refusait jamais.

    Il était revenu des camps de concentration depuis deux ans, mais semblait éprouver des difficultés d'adaptation. Pourtant, même les « héros » sont obligés de travailler, quand la guerre est finie. Pour gagner sa vie, il

s'était lancé dans l'élevage de poulets, mais très rapidement, il avait eu l'impression de recréer un univers concentrationnaire et avait dû abandonner son entreprise.
Il parlait peu, il entrait sur le court et ils jouaient. Parfois, ensuite ils discutaient de certains points du jeu. Un soir, après la partie, Georges lui raconta un souvenir du camp de Flossenbourg.
Noël 1944.
Il neigeait, leur kommando fut envoyé en forêt pour couper un grand sapin et l'installer sur la place du camp.

Georges se dit que les S.S avaient encore, parfois, quelques restes de sentiments humains. Les prisonniers furent rassemblés. Comme toujours, ils attendirent pendant des heures dans le froid. Les S.S arrivèrent et désignèrent six d'entre eux qui furent pendus aux branches du sapin.

Qui était Georges ?

Georges était né à Carhaix en 1917. Julien ne pouvait que faire des suppositions concernant sa jeunesse. Il n'avait pas posé de question, son action pendant la guerre retenait toute l'attention. Carhaix était la ville de sa famille maternelle. Son grand-père, Monsieur Rouillard, exerçait le métier de tailleur en haut de la rue des martyrs.

On peut penser qu'après des études secondaires, Georges, n'ayant pas de vocation affirmée, avait appris la coupe chez ce grand-père encore en activité à quatre vingt cinq ans. Fait prisonnier en 1940, ses connaissances dans ce métier lui avaient permis comme on l'a vu dans son récit, de confectionner deux vestes et deux pantalons dans des capotes allemandes pour s'évader de Poméranie.

Son père qui était né à Plouézech, une petite ville à côté de Paimpol, s'était illustré avec l'équipage d'un bateau de pêche, en prenant à l'abordage un navire de guerre turc en Méditerranée, pendant la guerre de 1914. Après cet exploit, la guerre terminée, il avait fait carrière à la SNCF.

Georges avait appris à jouer au tennis à Carhaix, où un court existait avant la guerre à côté de l'ancien vélodrome. Le tennis fut peut-être le lien avec la famille Andrieux, mais ce sont de simples suppositions. Il ne reste plus personne à qui poser des questions.

Il avait eu une aventure avec « Renée », la soeur de « Jaco » qui, ensuite, avait épousé un résistant originaire de Limoges venu à Carhaix pendant les années d'occupation, et qui faisait partie du réseau.

Au cours du repas de mariage, à Carhaix, Georges avait écrit quelques mots sur un menu qu'il avait fait passer à « Renée » : « En souvenir d'une divine maîtresse ». Le marié avait lu, on peut imaginer les complications ; Jean-Pierre, c'était son nom était venu au Château Rouge dire qu'il voulait se suicider.

De taille moyenne, Georges était athlétique, une allure qu'il retrouva relativement tôt après son retour des camps. Les cheveux courts, le teint clair, des yeux gris vert et un regard d'une grande intensité, vite en alerte, quand il était debout il était légèrement penché en avant et donnait l'impression qu'il allait se mettre à courir ou que, debout sur un ring, il avançait sur son adversaire.

Julien se souvenait avoir vu un jour trois hommes qui sortaient d'un bistrot, l'agresser dans la rue, alors qu'il venait sans doute de chez son grand-père. La scène avait été très brève, en quelques secondes, les trois individus s'étaient retrouvés à terre et Georges avait continué son chemin sans se retourner. Arrivé à la hauteur de Julien il lui avait dit : « Il parait que je dérange ». En dehors de ces moments où il redevenait un guerrier, il était d'une grande gentillesse.

Pour Yves, le court de tennis, même remis en état, n'avait sans doute pas complètement perdu sa vocation de champ de tir. Bordé à l'ouest par un mur de pierres, le terrain était mitoyen avec celui d'un charcutier qui, de son côté, avait creusé un puisard dans lequel se déversaient les détritus et écoulements divers provenant de la charcuterie et qui formaient une matière liquide, visqueuse, gluante et nauséabonde qui suintait à travers le mur et rendait cette partie du court glissante. A plusieurs reprises, Yves lui avait demandé de déplacer son puisard, le charcutier disait toujours oui ! Mais les choses en restaient là. C'était très désagréable, quand une balle roulait dans ce coin, elle s'imprégnait d'humidité, d'odeur plus ou moins réelles et de tout ce que l'on pouvait imaginer.

Dans le fond, Yves était assez content de la passivité du charcutier, il ne rêvait que d'une chose; mettre à exécution un plan qu'il mûrissait depuis longtemps.

— S'il continue à ne pas vouloir changer de place à son puisard, je ferai tout sauter avec une grenade, avait-t-il dit à plusieurs reprises.

Julien savait qu'il allait toujours au bout de ses idées et que dans son fort intérieur il espérait que le charcutier ne changerait pas de place à son puisard. Après un dernier ultimatum non suivi d'effet, Julien fut convié au spectacle. Voilà Yves en haut du mur, une grenade à la main. Après l'avoir dégoupillée il la lance entre deux volets qui recouvraient le puisard et saute en même temps du côté tennis.

L'explosion, même s'ils s'y attendaient fut impressionnante et projeta à plusieurs mètres le contenu du puisard, qui malgré le mur leur retomba en partie sur la tête. La base du mur fut ébranlée. Pour autant, le charcutier ne changea pas de place a son puisard et les suintements devinrent encore plus importants. Yves était content.

A Noël, leur grand-mère les réunissait autour d'un goûter. On ne peut pas dire qu'elle mettait les petits plats dans les grands, mais elle marquait l'évènement en sortant des bols en faïence de Quimper, quelques tasses dépareillées en porcelaine de Paris, des petites cuillers en vermeil, restes d'avant-guerre, qu'elle disposait sur une nappe décorée de petites branches de sapin et de houx. Elle servait du chocolat chaud, sans lait et sans sucre, accompagné de pommés.

Une enveloppe contenant un billet de vingt francs était posée devant chaque enfant. « Bia » n'assistait pas à la collation, il se contentait d'être le pourvoyeur en billets mais devait nourrir quelques doutes quant à la régularité de la distribution. Il voulut sans doute en avoir le coeur net et Julien le rencontra encore fortuitement après le goûter, toujours dans une embrasure de porte.
— Combien as-tu eu Julien ?
— Vingt francs !
« Bia » eut l'air étonné et dit en levant les sourcils.
— Seulement ?
Il le rappela et lui dit :
— Tu ne m'as toujours pas donné de réponse pour : « encore loin sur le chemin des étoiles », en dix lettres. Je te donne la solution car tu ne trouveras peut-être pas, c'est : « lieutenant ».

A la longue, leur grand-mère dût en avoir assez de tous ces rappels du nazisme qu'elle avait voulu conserver et qui entretenaient une atmosphère pesante dans la maison, elle fit appel à un antiquaire pour se débarrasser des meubles cassés qui traînaient depuis la guerre. Notamment, l'une des pièces à conviction; la caisse éventrée du piano qui gisait sans pieds dans un coin du salon, ainsi que quelques autres morceaux de meubles, une commode Louis XIV sans ses tiroirs, les tiroirs en marqueterie d'une commode Louis XV sans son bâti et encore différents éléments disparates qui avaient conservé une petite valeur par l'ancienneté et la qualité de leur bois. Ils étaient tous porteurs de mauvais souvenirs.

Le marchand commença par dire que ça ne l'intéressait pas, qu'il avait fait cinquante kilomètres pour pas grand-chose et finit quand même par emporter le tout pour une petite somme d'argent. La grand-mère de Julien sembla soulagée, surtout par le départ du piano. « Bia », on ne sait pas, il ne montrait jamais la moindre émotion et ne fit pas de commentaires. On pensait que s'en était fini de ce maudit piano et que l'on n'en entendrait plus parler. Mais, environ une semaine plus tard une femme, sans doute rongée par le remord, vint rapporter des objets que son fils avait pris lors du pillage qui avait suivi le départ des allemands. Un petit tableau de l'école hollandaise, une pendulette Napoléon III et les trois pieds du piano !!! Ils avaient disparu depuis plus de deux ans.

Depuis, on trouvait ces satanés pieds dans les endroits les plus inattendus. Ils traînaient d'une pièce à l'autre, d'un recoin à l'autre, on tombait dessus quand on ne s'y attendait pas. Parfois, on ne savait pour quelle raison, ils étaient tous les trois réunis, à d'autres moments on en trouvait un tout seul. Les choses pouvaient être à la fois liées ou décalées. La rencontre avec un pied du piano, qui en d'autres temps, aurait pu être anodine, évoquait une musique de Chopin où une scène de grande violence, parfois les deux. On pouvait se demander si le diable n'y était pas pour quelque chose.

Leurs parents s'absentaient rarement ensemble. Quand cela arrivait, Julien et ses soeurs prenaient leurs repas chez leurs grands-parents. La grande cuisine dans laquelle ils mangeaient depuis la guerre était aussi lugubre que toutes les autres pièces du rez-de-chaussée, peut-être à cause de la hauteur du plafond, quatre mètres, de la vétusté et de la couleur des murs qui n'avaient pas reçu la moindre couche de peinture depuis des années, ils étaient délavés par les buées de cuisine, les accumulations de substances graisseuses et imprégnés des odeurs échappées des marmites, y compris de celles des allemands.

Après l'été, ils avaient droit à une soupe de potiron, plante de prédilection de leur grand-mère qu'elle faisait pousser en grande quantité et gardait dans la réserve. Quand la provision de citrouilles était épuisée, elle confectionnait à la place, une sorte de soupe grasse contenant quelques lambeaux de viande, du chou et de grands morceaux de pain. La même soupe qu'elle avait servie lorsque Julien étai venu avec son père, en 1942. C'était sa spécialité. Ensuite, chacun avait droit à une pomme dont la peau fripée avait l'odeur et le goût imaginé de rat, odeur dont elle s'était imprégnée en séjournant longuement sur des claies en bois, dans les anciennes écuries. Pendant le repas, « Bia »ne disait pas grand-chose, excepté parfois :
— Bigre ! Mes enfants, vous avez bon appétit !

A son intention, en tout cas, c'était ce que Julien pensait, sa grand-mère avait écrit en lettres majuscules sur un carton qu'elle avait appliqué sur la grande horloge : « Il est plus tard que tu ne penses ».

Récit de Georges

Un block de Flossenbürg. Les contagieux, loques humaines entassées là. Cette baraque est votre dernière étape, votre salut vers la mort. Le typhus vous ronge et vous êtes là, complètement nu, couvert de vermine.
Qu'ils sont dérisoires les mots : médecin, magistrat, savant, intellectuel, ministre.
Ici, dans ce bloc, ils sont tous nus, sales, répugnants, agonisants. Nos civilisations disparues dans ce charnier vivant. Des êtres nouveaux sont nés là. Ni humains, ni animaux.
Certains se déplacent à quatre pattes, d'autres rampent, d'autres ne peuvent bouger qu'un bras qui se tend désespérément, mais vers qui ? D'autres ne bougent que les paupières qui s'ouvrent et se referment, d'autres font entendre quelques sons rauques. D'immenses yeux brillants au regard fixe dans des orbites profondes dévoilent déjà les mystères de la mort.
Ils sont couverts de croûtes, d'immondices, de plaies jaunâtres qui marquent sur le corps des sillons purulents. L'odeur qu'ils dégagent est pestilentielle. Après des agonies plus ou moins longues, un jour, une nuit, mort ou respirant encore, toujours nus et sales, ils disparaissent dans des abîmes inconnus, fosses immondes et crématoires anonymes.
Pourquoi nus ? Parce qu'il est plus facile de déshabiller un vivant qu'un mort.

Au fil du temps, les relations entre « Bia » et Julien avaient évolué. Toujours des rencontres brèves entre deux portes, entre deux couloirs. Quelques mots... Mais désormais, en plus, « Bia » le faisait venir dans son bureau pour lui confier des missions de la plus haute importance, comme celle d'aller porter un acte à l'enregistrement. C'était toute une cérémonie. Une serviette noire contenait le fameux document. Julien devait demander à voir le receveur en personne, se présenter, attendre que le fonctionnaire lui donne un reçu qu'il devait ramener dans la serviette.

Au retour, « Bia » lui posait quelques questions pour savoir comment s'était passée l'entrevue et lui donnait un billet de cinq francs pour sa course. Il était devenu saute-ruisseaux sans le vouloir. Un jour, « Bia » lui dit :
— Mon petit Julien, j'ai une charade pour toi, écoute bien.
- Mon premier est fait par le temps !
- Mon second est fait par le roc !
- Mon troisième est fait par l'eau !
- MON QUATRIEME EST FAIT PAR LE DIABLE !
- Mon tout est une grande capitale !
- Quand tu auras trouvé, tu me diras.

Tous les quinze jours, Julien accompagnait toujours sa grand-mère au cimetière. La poussette était de plus en plus rouillée, mais il n'y faisait plus attention.
Arrivés au cimetière, le scénario était toujours le même. En plus des tombes de petit Claude et de W.J. Freedan. Il y avait maintenant celle de Joël. Il connaissait par coeur les mots qu'elle dirait, les réflexions qu'elle ferait à propos de ses morts, à la liste desquels était venu s'ajouter le nom d'un neveu d'Algérie, mort au Mont Cassino et dont elle n'avait appris la mort que bien après la guerre. Son excitation la prenait au premier crissement de gravier dans le cimetière et au retour, elle s'enfermait dans son mutisme habituel.

Récit de Georges

La prison de Flossenbürg. Par une fente de la cloison des baraquements, on voit en les surplombant, une partie du bâtiment et la cour. La prison de Flossenbürg est isolée par des murs et des fils de fer barbelés électrifiés supplémentaires.

L'oeil collé contre la fente, je vois un homme nu qui sort par la porte centrale de la prison, suivi d'un gardien SS Totenkopf* révolver au poing. L'homme nu marche maintenant dans la cour, le long du mur, le SS marche exactement dans ses pas, le révolver est maintenant tout prés de la nuque de l'homme nu. Un coup assourdi par les bruits du camp, un corps nu, foudroyé, tombe et glisse sur une petite pente qui le rapproche du crématoire. Trois minutes sont passées. La porte s'ouvre à nouveau, un homme en sort, le SS est là, derrière, il touche l'homme nu, le pousse brutalement, l'homme marche plus vite, un coup de feu le long du mur, une forme vacille, puis foudroyée, tombe et glisse vers le crématoire. Trois minutes sont passées, la porte s'ouvre encore et encore, un homme sort et toujours derrière lui, un SS Totenkopf et encore un coup de feu, et encore cet homme qui chancelle, hésite, tombe et glisse foudroyé vers le crématoire.

Toujours l'œil collé contre la fente de la cloison, je regarde fasciné. Vingt sept fois, je vois l'homme nu suivi du SS. Totenkopf. Vingt sept fois, j'entends la détonation, vingt sept fois, l'homme nu marchera sans se retourner, vers son destin, une légère pente qui mène au crématoire.

---

* Voir notes à la fin du livre.

* Note : SS Totenkopverbande. « SS à tête de mort » désignés ainsi en raison de leur insigne sur l'uniforme. Ils ont en charge la garde des camps de concentration.

Un seul aura marqué une hésitation, il sera poussé à grands coups de bottes, à grands coups de crosse de révolver.

Epouvanté, horrifié, j'ai compté les pas. Les pas des hommes nus prisonniers de cet étrange ballet. Cinquante deux pas, qu'il faut parcourir nu, par un temps glacial de février 1945. Cinquante deux pas, pendant lesquels la gueule noire du révolver est à quelques centimètres de votre nuque. 10 pas – 20 – 30 – 40 – 50 – 51 et le bruit que l'on entend avant de mourir. Et puis le trou béant dans la nuque. Il est onze heures, la porte ne s'ouvre plus. Le ballet est terminé. Une matinée s'achève à Flossenbürg.

Au café Couzelin ou chez Poulizac, la politique était toujours au centre des conversations. Julien ne perdait pas une miette de ce qui se disait, même s'il avait l'air de s'intéresser à autre chose, en jouant seul au ping-foot. Tout le monde semblait être d'accord pour dire que l'on ne s'était pas débarrassé des nazis pour tomber aux mains des communistes.

Son père était un gaulliste militant et, le soir, les envoyait, Yves et lui, coller des affiches. Ils affrontaient des bandes qui arrachaient leurs affiches, ils faisaient la même chose et en collaient d'autres, ça dégénérait souvent en bagarres, mais Yves avait toujours le dessus et mettait leurs adversaires en fuite. A dix huit ans, il était aussi belliqueux que son frère.

Cette année là, vers la fin du mois de juillet, un jour de canicule, ils prirent le train pour aller voir et écouter de Gaulle à Rennes. Le général était loin, debout sur une estrade au milieu d'une place noire de monde, Il ressemblait à une statue articulée.

Il parla longtemps de sa voie cassée que Julien avait entendue à la radio, jouant en expert de silences suivis d'intonations fulgurantes. Ses phrases ressemblaient à celles de son discours du 18 juin que Julien connaissait par coeur. Il termina son discours en criant : « Vive la République », « Vive la France », et entama la Marseillaise. La foule qui l'ovationnait semblait prête à le suivre.

Julien était très proche de Georges qu'il rencontrait presque tous les jours chez tante Claudie. Ils jouaient au tennis très souvent. Grâce à lui, il avait fait beaucoup de progrès. La relation privilégiée qu'il avait avec lui, acquise à la faveur des entraînements, avait établi entre eux, malgré leur différence d'age, une complicité et une réelle amitié. Julien organisa une rencontre avec le club de Pontivy, une autre avec le club de Quimperlé. A chaque fois, Georges qui jouait en N°1 écrasait son adversaire, Julien gagnait aussi et ils faisaient le double ensemble.

Gordon Carter, un pilote que Georges avait secouru pendant la guerre et qui était revenu pour demander sa soeur en mariage fit aussi momentanément partie de l'équipe. Julien se demandait souvent à quoi pensait Georges, quand avec son grand coup droit, il transperçait un adversaire qui avait l'audace de monter au filet. Transposait-il ces moments sur ceux qu'il avait connu, pendant la guerre ? Le voyait-il comme un ennemi ?

Un événement eu lieu dans la famille. Leur père acheta une 4 CV d'occasion. Depuis dix ans, à part quelques sorties dans la vieille Rosengard ou dans la Citroën de tonton Jacques, ils marchaient ou faisaient de la bicyclette. L'essence était encore rare, les tickets de rationnement toujours en vigueur, mais pour les enfants, la vie s'ouvrait sur d'autres perspectives, désormais, ils pouvaient faire des projets. Imaginer même des voyages jusqu'à la mer.

Hervé était attiré par les lieux de mort. C'était de famille, pas les cimetières comme sa mère, mais les endroits où des hommes avaient été fusillés. Peut-être se voyait-il à leur place ? Peut-être était-il un témoin imaginaire. Il arrêtait la 4 CV au bord de la route, là où il y avait eu des mises à mort. Julien était avec lui. Des camions allemands arrivaient, les SS lançaient des ordres brutaux pour faire descendre les prisonniers, les faisaient s'aligner...Ils restaient là, silencieux.

Un an après leur voyage à Rennes, de Gaulle vint à Quimper. La première rencontre eut lieu à la mairie où il fut reçu par le maire, Jo Halléguen, un ami gaulliste de leur père. Cette fois, ils étaient aux premières loges. La petite soeur de Julien, Lucie, chargée de remettre au général un bouquet de fleurs, sans doute émue par l'évènement, trébucha et tomba au moment de le lui donner. Le général eut un sourire attendri et l'aida à se relever. Il ne souriait pas souvent en public. Moment d'émotion.

Le peuple rassemblé à la mairie se pressait pour lui serrer la main. Julien, qui ne fut jamais sensible aux délires de la foule resta spectateur au milieu de gens qui l'écrasaient presque pour serrer la main du général. Le grand rassemblement eut lieu sur les allées de Locmaria, au pied du Mont Frugy. Debout sur une estrade, le général de Gaulle fustigea une fois de plus les gens au pouvoir dans un discours qui ressemblait à celui de Rennes, mais, à quatorze ans, Julien était-il capable d'en comprendre toutes les subtilités ? Il parla du R.P.F. le Rassemblement du Peuple Français, qu'il venait de créer. Il fut applaudi, ovationné une fois de plus. Tout le monde chanta la Marseillaise.

Par un habitué de Colombey, son père apprit que le Général avait dit de lui qu'il faisait partie de ceux qui avaient le mieux compris l'esprit du Rassemblement. A peu près à cette époque, il reçut une photographie dédicacée du Général : « A Hervé Lancien mon compagnon ». Signé, Charles de Gaulle.
— Tu sais, dit-il à Julien, il a dû l'envoyer à beaucoup de gens !
Mais il l'accrocha quand même sur un mur de son bureau.

Les clients venaient de moins en moins à l'étude, ce qui arrangeait « Bia » qui ne supportait plus d'être dérangé dans ses lectures ou ses mots croisés. Il avait presque réussi à faire le vide. Il était averti de l'arrivée d'un client par le grincement de la grille dont le son était différent quand elle s'ouvrait et quand elle se refermait. La porte de la salle d'attente étant toujours fermée, les clients devaient faire le tour du château pour accéder à l'étude. « Bia » les recevait sur le pas de la porte.
— Il me semble que je n'ai pas entendu la grille se refermer, leur disait-il. Ma femme a des poules en liberté, elles vont s'échapper, vous seriez gentils d'aller voir.
A l'exception de ceux qui ne pouvaient vraiment pas faire autrement, la plupart du temps, les clients ne revenaient pas.

Récit de Georges.

Mai 1945, le camp de Flossenbürg est évacué. Nous partons par groupes de cent, encadrés par nos gardiens SS assistés par des détenus allemands habillés en SS, armés.

Nous marchons, marchons sans arrêt. Les détenus qui ne peuvent pas suivre, sont abattus sur le bord de la route. Depuis combien de jours, combien de nuits, marchons-nous ? La nuit est très noire, la pluie tombe, des éclairs illuminent le ciel, des cris, des ordres, nous nous serrons sur le côté de la route, une route qui monte vers les monts métalliques, pour beaucoup d'entre nous, vers le ciel.

Nous croisons une colonne de très jeunes allemands des jeunesses hitlériennes, de 13 ou 14 ans, équipés de Panzerfaust, qui, dans un « hali, halo, » frénétique et grotesque, va vers une mort inutile ou au devant une colonne du général Patton. Ils nous croisent en chantant et le tonnerre accompagne par moments leurs pas.

Le spectacle que nous apercevons pendant les éclairs est dantesque. Des squelettes s'abritant sous des couvertures avancent en titubant. Si par malheur, ils s'arrêtent, les coups de feu crépitent. Plus l'orage se prolonge, plus le poids des couvertures est lourd, plus les squelettes vacillent et tombent, plus les coups de feu sont rapprochés. Cette nuit-là ne s'effacera jamais de ma mémoire. Cette nuit si noire où tout-à-coup, le ciel s'embrase, déchiré par les éclairs d'un orage qui n'en finit pas, nous montrant des scènes où l'effroi se mêle au sublime. Je revois ces grands sapins noirs qui ploient sous les bourrasques, gémissent et tombent dans des fracas déchirants.

J'entends encore aujourd'hui, les cris de terreur

dans toutes les langues, les hurlements de souffrance, les détonations par rafales saccadées, les coups sourds sur les corps.

Et puis, le jour se lève, un murmure lointain, bruit étrange dans l'aurore mauve succédant aux bruits et à la noirceur de la nuit. Des heures passent. Nous marchons lentement et pourtant la route est maintenant moins vallonnée. Les champs sont bordés de grands conifères, c'est peut-être la fin ou le début des forêts de Bohème.

L'orage a complètement disparu. De mauve, le ciel devient bleu pâle et le soleil sèche nos pauvres hardes rayées. Je n'ai jamais su et ne saurai jamais si j'avais aux pieds, des semelles en bois tenues par des lanières ou tout simplement rien et pourtant, j'ai dû marcher pendant cinq ou six cent kilomètres. Le murmure du matin est devenu un bruit précis. Je sais maintenant que des chars se rapprochent de notre colonne. Chars allemands, chars alliés, Dieu le sait, mais pas nous. Et puis les chars, dans un tumulte assourdissant, sont là. Une colonne du général Patton nous a libérés.

Soyez bénis ! Soldats américains. Vous êtes au Paradis, général Patton, car je sais que seule vous anime la défense de la liberté. Grâce à vous, nous sommes libres. Plusieurs milliers d'entre nous sont morts. Et là, devant moi, sur les bas-côtés de cette longue route, des êtres humains à genoux, arrachent avec leurs ongles des lambeaux de terre qu'ils portent à leur bouche et meurent, sans qu'il soit possible de les en empêcher.

Quant à nous, bafoués, blessés, meurtris, tatoués, nous marchons vers la France. A Hall, nous rencontrons des soldats de la division du général Leclerc. A Rennes, la S.N.C.F. par l'intermédiaire de la gare de Morlaix, prévient mon père que je suis en vie. Il est 20 heures. Malheureusement, il n'y a plus de train de voyageurs avant le lendemain matin. Un train de marchandises passe à Rennes vers 21 heures. La gare de Rennes fait ajouter un wagon de voyageurs. A Morlaix, le train entre en gare et s'arrête spécialement pour moi avant minuit. Mon père est là sur le quai.

Maintenant, je ne peux dire avec certitude si j'ai enfin retrouvé la liberté. Si aujourd'hui est réel. Quand pourrais-je le savoir ? Sans doute jamais. La nuit est là et je ne sais plus si mes rêves sont la vie, ou la vie mes rêves. De plus en plus, les ombres de mes amis et les autres me pourchassent. Je revois leur agonie. Mon agonie à moi, a commencé le jour où j'ai vu des êtres se battre pour des causes inutiles.

Récit de Georges

Un ami de notre réseau, le lieutenant Soulet est mort près de moi à Flossenbürg. Il faisait partie de l'armée Leclerc.

Voici son histoire. En août 1940, il rejoint l'Angleterre, participe à l'Epopée d'Afrique aux côtés du général Leclerc (alors colonel). Il est fait prisonnier sur la ligne Mareth en Tunisie, puis dirigé par les allemands en Italie. Il s'évade du camp où sont rassemblés les Gaullistes, passe dans le camp des Girautistes, rapatrié en France en 1943 et libéré.

Avec l'espoir de regagner l'Angleterre, il réussit à contacter notre réseau. Dans l'attente d'un départ, il nous aide. J'étais le seul à connaître ses aventures Son arrestation en France, sa déportation et sa mort à Flossenbürg. En France, par mesure de sécurité, il n'avait ni vu, ni prévenu ses parents. Après avoir raconté ces faits à l'officier d'état major du général Leclerc à Hall, le *général m'invite à sa table pour entendre mon récit.*

Au cours du repas, le général me demande des renseignements sur notre vie concentrationnaire. Il m'assure qu'il écrira personnellement aux parents du lieutenant Soulet. Comme la base arrière de la division se trouve à La Rochelle, il me fait donner un ordre de mission et une place dans un véhicule qui retourne en France. Une phrase du général m'avait particulièrement frappée. Comme je m'étonnais que plusieurs de ses officiers ignoraient l'existence du lieutenant Soulet, le général me dit : « De l'Afrique à l'Allemagne, j'ai perdu au cours des combats beaucoup de soldats, officiers, sous officiers et hommes de troupe. En France à partir de septembre 1944, pour poursuivre ma mission, j'ai dû enrôler de nouvelles recrues pour compléter mes effectifs ».

Le général me laissait entendre par là, qu'en France, j'allais trouver dans les rangs de la Résistance, la grande majorité des résistants recrutés la dernière année, les derniers mois ou les derniers jours de la guerre.

Un matin en se levant, « Bia » fit une chute et se cassa le col du fémur. Il refusa qu'on le transporte à l'hôpital.
— Qu'on me fiche la paix ! dit-il, dans un mois, je serai mort.
Julien alla le voir.
— Tu es bien gentil, mon fi... Tu vois où j'en suis !
Julien ne trouva rien à lui dire. Cadiou continua à venir le raser. Leur conversation resta inchangée, toujours l'énumération des événements quotidiens. « Bia » avait toutefois une préoccupation.

— Cadiou ! Tu n'as pas perdu ton carnet ?

Quelques mois auparavant, il lui avait dit, faisant allusion à ses fonctions de croque-mort :

— Puisque tu es là, profites-en pour prendre mes mesures, tu n'auras pas à le faire quand je serai mort. Et Cadiou, un peu gêné, avait sorti son mètre de menuisier.

— Du bois blanc ! Et rien d'autre, avait ajouté « Bia ».

Il mourut trente jours après avoir dit : « dans un mois je serai mort ». Julien était en train de jouer au tennis avec Georges, quand son père vint le chercher.

— Ton grand-père est mort ! Viens ! Ne te crois pas obligé de l'embrasser !

Cadiou est venu une dernière fois le raser. Il a dit quelques mots que personne n'a compris. « Bia » était sorti d'une vie qui ne semblait plus l'intéresser depuis longtemps. Une messe fut dite à l'église pour faire comme tout le monde. Au cours de la cérémonie, Robert de Boissier s'assit sur son chapeau. Un peu gêné, il se mit en devoir de lui faire reprendre forme en donnant subrepticement des pichenettes sur le feutre. A chaque pichenette, une volute de poussière montait vers le ciel.

Les regards d'Adrienne et de Julien se croisèrent, ils furent pris d'un fou rire. Ensuite, ils allèrent au cimetière où son cercueil en bois blanc fut descendu dans la même tombe que celle de son fils, Joël. Au retour, leur grand-mère avait préparé un goûter. Le même qu'à Noël, les branches de houx en moins. Ils parlèrent de la jeunesse de « Bia », des années où il était moins jeune, d'une période où il intimidait tout le monde, malgré finalement, son bon cœur, tout le monde en convenait. On rappela les bons mots qu'il avait dits. Résumé d'une vie !

Julien ne l'avait pas connu avant la guerre, ou si peu... Il était déjà vieux, ou faisait mine de l'être. De cette époque, il ne gardait de lui que des images fugitives, dont la plus persistante était, étrangement, celle où il le revoyait, un matin, dans la salle de bain aux murs bleu turquoise, se passant de la mousse à raser sur le visage. C'était sans doute un dimanche, Cadiou n'était pas là. Julien devait avoir quatre ans.

1951. La guerre était finie depuis six ans. Georges qui décidément, n'arrivait pas à se réinsérer dans une vie normale s'est engagé pour l'Indochine. Le père de Julien dit qu'il faisait une fois de plus le sacrifice de sa vie et qu'il ne reviendrait pas. Avant son départ, tante Claudie et lui annoncèrent leur mariage. Cela ne surprit personne, même si leur différence d'age était importante, Claudie avait dix ans de plus.

Tonton Jacques était considéré comme décédé. On avait fini par savoir qu'il avait disparu au camp de Bergen-Belsen en janvier 1945, Claudie, au regard de l'Etat Civil était donc veuve. Le mariage eut lieu à l'église de Tréogan, un petit village pauvre de la Montagne Noire dont le curé était un ami de Georges. Une cérémonie triste, il s'agissait en même temps d'un adieu. Il faisait froid. Une fine couche de neige tombée pendant la nuit recouvrait le sol. A la sortie de l'église, les mariés qui n'étaient pas riches les invitèrent à boire un chocolat chaud, au bar-tabac, en face de l'église.

EPILOGUE

Rasée par les bombes, la maison de Brest aux boiseries d'acajou, où Julien est né, n'existe plus. Le pont tournant, détruit lui aussi a été remplacé par un pont levant. La rade que son grand-père Marty l'emmenait voir depuis le cours Dajot, est toujours immense, plate, grise, verte, blanche, froide et scintillante. « Les Villars », acquis par une congrégation religieuse, sont devenus un lieu de prière et de recueillement.

L'appartement de Morlaix, avec son bistrot malfamé, est toujours à sa place. A Kerdeleau, l'étang est vide, le toit du moulin effondré. Il n'y a plus la moindre trace de la maison, rasée elle aussi, on ne sait pour quelle raison. Le jardin, dans les allées duquel il faisait des canaux les jours de pluie ainsi que le verger, ne sont plus qu'un vaste espace vide et, sans la présence de la chapelle en ruine et du pigeonnier qui paraît éternel, on pourrait croire que Julien a rêvé toute son histoire ou que quelqu'un a arraché des pages à son livre.

Le soldat et la bergère, désormais en liberté, dans le vide, à quelques mètres du sol peuvent escalader tous les murs imaginaires et disparaître. Le grand if est toujours à côté de la fontaine dont l'eau transparente fait remonter depuis le fond, de minuscules paillettes de mica qui vont se perdre dans le ruisseau envahi par le cresson. Le rouge-gorge est là, ou peut-être un descendant. La sorcière n'est plus qu'un lointain souvenir.

Le Château Rouge, vendu à la commune a été remis à neuf. Reconverti dans un premier temps, en centre des impôts, il a été plastiqué par des membres du Front de Libération de la Bretagne, un acte symbolique. Il abrite aujourd'hui la bibliothèque municipale et quelques autres activités culturelles.

La salle de torture, qui avait aussi servi de lieu pour tondre des femmes, a fait place à des cabinets publics. La cave dévolue à « Barbe Bleu » et à ses femmes égorgées, à l'affreux « Satan » de l'Histoire Sainte et à « la mère Turlandu » est toujours au même endroit mais Julien est le seul à savoir ce qu'elle renferme. C'était peut-être une prémonition ou ce qu'on appelle dans les croyances celtes un « intersigne ».

A la réflexion, Julien pense avoir été injuste envers « la mère Turlandu » la femme en noir des « Villars » qui probablement était une brave femme et avait dû passer des moments pénibles dans la cave avec ces êtres épouvantables. Son seul tort était d'être vêtue de noir.

Les pieds du piano ont définitivement disparu. On ne sait pas ce qu'est devenu le reste. Quelqu'un joue-t-il en ce moment une valse de Chopin ? Les grandes femmes de l'escalier, qu'ils avaient eu la lâcheté d'abandonner, à cause de leur dimension ne sont plus là, elles non plus. Renseignements pris, après leur départ, elles auraient été emmenées à la décharge publique, puis brûlées par des employés de la voirie. Décidément, elles auront tout subi. On ne leur aura trouvé aucune circonstance atténuante. Leur charme pourtant réel malgré ou à cause de leur petit côté conformiste n'aura suscité aucune compassion chez leurs bourreaux, municipaux ou autres. Leur sexe mutilé était un spectacle indigne.

La rivière vient toujours de l'est. Elle passe sous le pont de Sainte Catherine, bâti bien avant l'arrivée des Romains. Elle court sur des galets en faisant s'étirer de longues herbes et des renoncules d'eau, qui ondulent au gré du courant. Plus loin, les berges se resserrent, la rivière devient profonde. C'est le coin des libellules et des éphémères, un lieu riant et sombre, calme et doux, à l'image de l'eau qui court et puis s'endort.

NOTES *

* GEORGES
Monsieur Georges Jouanjean
Médaille de l'Empire Britannique (British Empire Medal)

CITATION :
En janvier 1943, Monsieur Jouanjean a été sollicité par un des principaux membres d'un important réseau d'évasion pour créer une antenne en Bretagne. Il a immédiatement accepté et à partir de ce moment, a multiplié les opérations au bénéfice des évadés alliés. Entre janvier et février, il a ainsi porté assistance à quatre aviateurs alliés, leur fournissant un abri, leur servant de guide et leur procurant des vêtements civils. En mars, il apporte un soutien total à un évadé en Bretagne et à Paris, organisant même son rapatriement par mer. En avril 1943, il prend contact avec le chef responsable des opérations d'un autre réseau en Normandie.
Au début de l'année 1943, monsieur Jouanjean a établi des contacts nombreux et efficaces. En qualité de responsable, l'une de ses fonctions était de regrouper des aviateurs dans des zones de Bretagne et de les y abriter avec l'appui de divers auxiliaires. Il les conduisait ensuite à Paris pour les remettre à d'autres agents chargés de leur acheminement par les filières d'évasion. Durant le printemps et l'été, il n'a cessé d'agir, recrutant des agents acceptant volontairement de mettre leur logement à la disposition du réseau, de guider, de convoyer et de porter secours aux évadés. Il a aussi activement participé à une mission d'évacuation d'évadés par mer depuis la péninsule bretonne.
Le 18 juin 1943, Monsieur Jouanjean est parti à Paris pour mettre en garde des membres du réseau contre une recrudescence de l'activité de la Gestapo. Il a été arrêté au domicile d'un autre agent dans la capitale puis déporté en Allemagne, dont il est heureusement revenu à l'été 1945.
Au fil de ses activités, monsieur Jouanjean a aidé, guidé et offert un refuge à soixante à soixante-dix évadés alliés. Son travail au sein du réseau était de première importance et un grand nombre d'évadés lui doivent d'avoir pu rejoindre leurs lignes sains et saufs.
Il a été à tout moment un agent loyal, dévoué et courageux dont les excellents services ont contribué de manière non négligeable à l'efficacité d'une filière d'évasion de tout premier plan.

CITATION FOR MEDAL OF FREEDOM WITH SILVER PALM
Georges Jouanjean, civil français, pour son action exceptionnellement méritoire qui contribua à la victoire des Etats-Unis lors du conflit en Europe continentale, de janvier à juin 1943. S'est distingué par son grand courage, sa sincérité et sa détermination à réaliser des missions périlleuses. Sans égard pour sa propre sécurité, a organisé une filière d'évasion et a contribué à l'évasion de plus de 60 aviateurs alliés avant son arrestation et sa déportation en Allemagne. Son énergie indomptable, sa bravoure et son audace ont matériellement contribué au succès de l'effort de guerre et méritent l'éloge ainsi que la reconnaissance des Etats-Unis.

Extrait du livre« CENT ANS DE TENNIS BRETON
Par Claude Le Hir et Jean-Pierre Chevallier

Georges Jouanjean « Le Héros »

Né à Carhaix en 1917, Georges commença à jouer au tennis sur un court situé dans le quartier de la gare. Il fit quelques tournois : Morlaix, Carantec...
La guerre survint. Fait prisonnier, il s'évada une première fois de Poméranie. De retour en Bretagne, il organisa un réseau d'évasion pour les aviateurs alliés : le réseau « PAT O'LEARY », et réussit à rapatrier plus de soixante d'entre eux en Angleterre. Dénoncé par une taupe infiltrée dans l'organisation, il fut pris par les allemands... Georges leur faussa compagnie, trois fois, avant d'être envoyé en camps de concentration : Birkenau, Buchenwald, Flossenbürg.
Eprouvant des difficultés à se réhabituer à une vie « normale », il s'engagea pour l'Indochine.
Là-bas, il eut l'occasion de jouer quelquefois sur surface rapide, une cinquantaine d'heures.
A son retour, son jeu était devenu plus percutant et c'est à cette époque qu'il commença à jouer les troubles fêtes au tournoi de Carantec en éliminant des « négatifs ».
Doué d'un tempérament combatif exceptionnel, il donnait l'impression avec son coup droit dévastateur, qu'il pouvait battre n'importe quel joueur.
Rebelle et franc-tireur, le classement en général et celui de son adversaire en particulier, ne l'intéressait pas. Le numéro 185795 tatoué à vie sur son bras gauche, sans doute lui suffisait-il !
Plus tard, il fut deux fois Champion de France Vétéran. En 1977 et en 1983.

* Le réseau PAT O'LEARY est connu comme étant le plus grand

réseau d'évasion de la Résistance Française. Il était principalement chargé de rapatrier les militaires britanniques restés en France et les aviateurs alliés contraints d'atterrir en catastrophe. Pat O'Leary était le pseudo de son chef, le médecin colonel belge Albert Guérisse.

* ROGER LE NEVEU (Extrait : Le Monde en Guerre. Le Forum de la Seconde Guerre Mondiale).
Roger Le Neveu. Ancien militaire au Ier Régiment Etranger, ce qui lui valut le surnom de Roger le Légionnaire, commence dés l'occupation à organiser le passage des Israélites en zone libre. Contrairement à d'autres, ce n'est pas le patriotisme qui le guidait puisqu'il ne daignait s'occuper que de ceux qui pouvaient payer. La Gestapo qui le démasque, voit tout de suite le profit qu'elle peut tirer d'un personnage si intéressé par le gain.
Elle en fait un de ses agents. Le voilà muni d'une carte de la police allemande. Procédant à de nombreuses arrestations, il s'infiltre dans certains réseaux, abattant personnellement plusieurs patriotes, conduit des interrogatoires, pratique la torture.
1943 est une année tragique pour le réseau Pat O'leary qui est démantelé. Son chef, Albert Guérisse est arrêté et emprisonné à Marseille. A l'origine de ce coup de filet qui s'abat simultanément à Lyon, à Marseille et Toulouse, l'agent de la Gestapo, Roger le Légionnaire. De nombreux résistants sont neutralisés et immédiatement déportés.

Notes. Liste des déportés du Finistère.
*JACQUES ANDRIEUX. Né le 29 mai 1888 à Pleyber-Christ. Médecin, il participe à l'action du réseau anglais « Jonnhy » qui communique par radio avec l'Amirauté Anglaise dés le mois de mars 1941, l'informant de toutes les grosses unités de la flotte allemande stationnées à Brest. Il aide les français à rejoindre l'Angleterre où son fils aîné sert dans les Forces Françaises Libres. Arrêté en 1942 il est condamné à mort le 15 juillet 1942 à Paris. Il est déporté « NN » le 14 août 1942 de Paris Gare de l'Est et arrive à Hunzert le 15 Août 1942. Jugé à nouveau à Cologne et envoyé à Sonnenburg le 13 novembre 1944. De la, il part pour Sachsenhausen d'où, avec un convoi de grands malades il est expédié à Bergen-Belsen où il disparaît.

* JACQUES ANDRIEUX « JACO »
Jacques Andrieux est né le 15 Août 1917 à Lorient. Il est le fils du médecin-commandant Jacques Andrieux, déporté pour faits de

résistance en Allemagne d'où il ne reviendra pas.
Refusant la défaite, Jacques Andrieux, titulaire d'un brevet de pilote civil, cherche pendant plusieurs mois un moyen de quitter la Bretagne.
Pour rejoindre l'Angleterre, il se fait passer pour un armateur et achète un langoustier « l'Emigrant », avec lequel il s'évade de Camaret-sur-mer le 16 décembre 1940 pour rejoindre Penzance en Grande Bretagne.
Il s'engage dans les Forces Françaises Libres, puis suit un entraînement aérien dans la RAF.
En opération de guerre avec le 130 Squadron de la RAF, le sous-lieutenant Andrieux prend part à de nombreuses missions.
Promu lieutenant en 1943, il est affecté au 91 Squadron.
Le 26 août 1944, le capitaine Jacques Andrieux prend le commandement du groupe de chasse 341 « Alsace ». Il participe à la tête du groupe à toutes les actions offensives jusqu'à la fin des hostilités.
Il est titulaire de 6 victoires aériennes homologuées. 4 probables. Il a endommagé 2 appareils ennemis, détruit 2 bateaux et 60 blindés.
Jacques Andrieux totalise 1000 heures de vol de guerre et son appareil a été endommagé par la DCA allemande à 18 reprises.
Le Général de brigade Jacques Andrieux est décédé le 21 janvier 2005 à Saint-Georges-de-Didonne en Charente-Maritime.

Décorations.
Grand Croix de la Légion d'Honneur.
Compagnon de la Libération.
Grand Croix de l'Ordre National du Mérite.
Croix de Guerre 39/45 (13 palmes).

* PIERRE BINET
Le sous-lieutenant Pierre Binet a été décoré à titre posthume, de la Croix de chevalier de la Légion d'Honneur avec l'attribution de la Croix de Guerre avec Palme, par un décret du 29 août 1945. Ces croix, ont été remises à son père, monsieur René Binet, au cours d'une prise d'armes du 11 novembre 1945 à Nantes.
La citation était la suivante :
 « Volontaire pour une mission périlleuse en France, a été parachuté en février 1944 en territoire occupé par l'ennemi. A fourni un travail d'une ampleur exceptionnelle dans la mise au point d'un plan de renseignements qui devait être couronné de succès. A déployé les plus belles qualités d'organisation et de calme courage. Sa

première mission terminée, s'est porté volontaire pour le maquis, où il a continué à déployer toute son activité ». Arrêté par les Allemands et fusillé le 19 août 1944.
Le sous-lieutenant Pierre Binet a été décoré de la « Distinguished ServiceMedal », décernée à titre posthume.
La citation était la suivante :
« Pour son magnifique héroïsme au cours des opérations militaires contre un ennemi armé, du 8 février 1944 au 19 août 1944. Le sous-lieutenant Binet a été parachuté en France en vêtements civils comme adjoint du commandant de la mission Pathfinder, chargé de repérer les terrains de parachutage, des maisons sûres, des organisateurs locaux et des moyens de transport pour les agents avec leur équipement, en cinquante points différents. Il a découvert les contacts et l'aide voulue pour ses agents, avec un total mépris de sa propre vie. A pris souvent part à deux ou trois parachutages dans la même semaine. Lorsqu'il estima sa mission terminée, il quitta Paris pour rejoindre le maquis dans une région de l'Est. Arrêté à Troyes, il fut immédiatement exécuté. Le sous-lieutenant Binet a perdu la vie pour avoir tout sacrifié au devoir ».

*YAN ROBERT
Né en 1901 à Arcachon. Fils d'un Breton ancien capitaine d'armement. Décédé en 1994.
Le monde de Yan est celui de la Bretagne et de la pêche.
Reçu à l'Ecole Supérieure des Beaux-Arts, section Architecture en 1920, il opte pour la peinture en 1924, expose à la Société des Beaux-Arts en 1928.
Membre de la Société des Artistes Indépendants depuis 1928. En 1934 il adhère à une association entièrement composée de Bretons : « Seiz-Breur », présidée par René-Yves Creston qu'il avait connu aux Beaux-Arts en 1923. Sociétaire des Artistes Français en 1934.
Oeuvres acquises par l'Etat et par la ville de Paris.
Membre du Comité de la Société des Artistes Indépendants depuis 1953. Vice-Président de 1957 à 1964. Président de 1964 à 1976.
Chevalier de la Légion d'Honneur.
Officier de l'Ordre National des Arts et des Lettres.
Peintre Officiel de la Marine avec le grade de Capitaine de Corvette.

LA CHARADE

Mon premier est fait par le temps - T'en fais PA
Mon second est fait par le roc - Rockfelle R
Mon troisième est fait par l'eau - Ophél I
Mon quatrième est fait par le diable - Méphistoféle S
Mon tout est une grande capitale.